RED DRAGON BOOKS

ROBERT E. HOWARD

A RAÇA PERDIDA

E OUTRAS HISTÓRIAS

ESCLARECIMENTO

Com esta tradução literal buscamos preservar as particularidades da escrita e narrativa original em inglês de Robert E. Howard, quase palavra a palavra, em vez de acrescentar enxertos ou floreios, comuns em traduções. Com isso buscamos apresentar ao leitor as singularidades características da escrita, narrativa e construção literária do autor e não do tradutor.

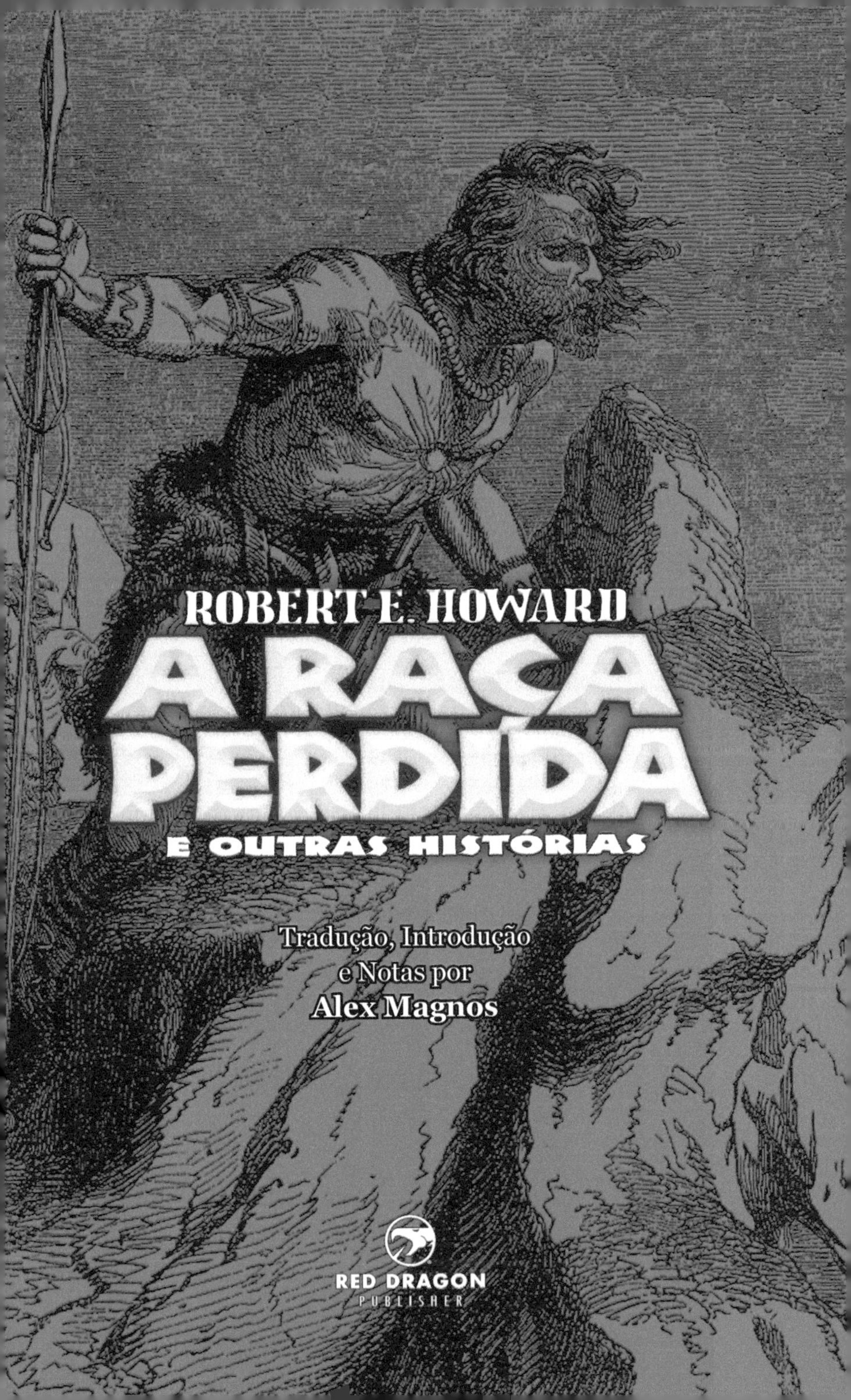

ROBERT E. HOWARD

A RAÇA PERDIDA

E OUTRAS HISTÓRIAS

Tradução, Introdução
e Notas por
Alex Magnos

RED DRAGON
PUBLISHER

Títulos Originais
Spear and Fang, In the Forest of Villefére, Wolfshead, The Lost Race, The Riders of Babylon, The Dream Snake, The Hyena, Sea Curse, The Gates of Nineveh: Publicados originalmente na Weird Tales entre 1925 & 1928

Publisher: ***Alexandre Brito***
Editor-chefe: ***Alex Magnos***
Editor assistente: ***Giordano Bruno***
Comercial: ***João Marcelo***
Licenciamento: ***André Jr***
Diagramação: ***Yi Long***
Revisão: ***Júlio Sales***
Ilustração da Capa: ***Angus McBride***

1ª edição, maio de 2022

RED DRAGON PUBLISHER
Alex Magnos Storyteller
Fortaleza CE Brasil
Tel: 85 2130 9186
contato@reddragonpublisher.com
www.reddragonpublisher.com

Dados Internacionais de Catalogação da Publicação - CIP
Catalogação na Fonte

Howard, Robert E. (1906 - 1936)
A Raça Perdida e Outras Histórias / Robert E. Howard.
Tradução, introdução e notas de Alex Magnos. - 1. ed.
Fortaleza, CE : Red Dragon Publisher, 2022.

ISBN 978-65-89662-16-7
1. Ficção norte americana 2. Ficção fantástica
I. Título. II. Howard, Robert E. (1906 - 1936) CDD-813

Índices para catálogo sistemático:
1. Ficção norte-americana : Ficção fantástica
813

"Eu sou Robert Howard,
algum dia vou ser um escritor e escrever
histórias sobre piratas e talvez canibais.
Vocês gostariam de lê-las?"

- Robert E. Howard

INDEX

Introdução

Robert Ervin Howard ou Robert E. Howard, como ficou conhecido profissionalmente ao redor do mundo, ou ainda Bob Howard, como era chamado por seus amigos, nasceu em 22 de janeiro de 1906 em Peaster, uma pequena cidade situada no condado de Parker, Texas. Ele era filho de Isaac Mordecai Howard (1871 - 1944) e Hester Jane Howard, nascida Ervin (1870 - 1936). Sua mãe, Hester Jane, era filha de George W. Ervin, um homem enérgico que levava uma vida cheia de altos e baixos. A família Ervin conseguiu se recuperar do golpe que a Guerra da Secessão tinha aplicado a muitas famílias sulistas dos Estados Unidos e ascender à abastança, graças à arrojada perspicácia para o empreendedorismo de G. W. Ervin. Dessa forma, com o suporte dos recursos resultantes das conquistas do pai, Hester Jane passava seu tempo viajando, para visitar amigos e parentes, divertindo-se e vivendo a vida. Como amante da literatura e, em especial, da poesia, ela gostava de sempre ter consigo a companhia daqueles igualmente bem-refinados. Foi durante esse tempo que ela se descobriu inesperadamente sob o encanto de um médico rural e sem tostão no bolso. Seu nome era Isaac Mordecai Howard.

A família Howard era do Arkansas, onde tinha residido até 1885, depois se mudou para o Texas. Diferente dos irmãos que estavam contentes em aceitar o fato de enveredar pelo caminho de uma vida modesta na agricultura, Isaac Howard tinha outras ambições. Ele queria ser médico, por isso vendeu sua parte da propriedade da família, para financiar o início de seu treinamento em medicina. O Texas daquela época não possuía nenhuma legislação séria para regulamentar a prática da medicina; dessa forma, ao interessado, somente era requisitado que se apresentasse perante uma comissão que iria julgar se o candidato era suficientemente qualificado ou não para exercer tal função e esse processo de avaliação era repetido toda vez que o médico se mudasse de localidade.

Isaac Howard começou a praticar medicina em 1899, antes de se mudar para o norte do Texas, quase sempre escolhendo pequenas e até minúsculas localidades para oferecer suas habilidades, desde que tais locais pudessem demonstrar um potencial definido como uma futura estação ferroviária, mineração, negócios petrolíferos, novas estradas e coisas do tipo; e essas escolhas iriam consequentemente exercer forte impacto em seu futuro filho. Hester Jane e Isaac Howard não tinham praticamente nada em comum. Eles vinham de mundos totalmente diferentes — ela sendo de família rica e ele um pobretão. Mas alguns argumentam que talvez ela tenha cedido aos avanços de Isaac e se deixado seduzir por seu temperamento, energia e ambição, qualidades que eram muito semelhantes às de seu próprio pai. Seja como for, eles se casaram em 12 de janeiro de 1904, e em 1906, poucos meses depois de terem se estabelecido em Peaster, Robert, o único filho do casal nasceu. Algum tempo depois, a família mudou para um minúsculo lugar chamado Dark Valley, que deixaria uma impressão duradoura no futuro escritor, como ele mesmo viria a revelar anos mais tarde. Mas como a família Howard se mudou de Dark Valley quando Robert tinha apenas dois anos, as reminiscências que ele afirmava ter dos primeiros tempos de sua vida, certamente devem ser muito melhor apreciadas de um ponto de vista psicológico do que biográfico.

Nos anos subsequentes, a família Howard continuou em mudanças frequentes, embora sempre permanecendo no Texas, e sempre ficando entre semanas a poucos meses nas novas residências, provavelmente como consequências da malfadada busca de Isaac Howard por sua próxima terra dos sonhos. Foi também nesse tempo, 1907, que a legislação de licenciamento para a prática da medicina no Texas mudou, tornando-se obrigatório que os praticantes participassem de treinamento médico real. E já antecipando tal mudança, Isaac Howard tinha se matriculado no *Gate City Medical College*, em setembro de 1904, recebendo sua graduação em maio de 1905. No entanto, alguns anos depois, foi revelado que o *Gate City Medical College* era uma fraude, não passando de uma fábrica de diplomas, onde a maioria de seus alunos faziam os cursos à distância e recebiam seus diplomas pelos correios ao custo de 50 dólares.

Depois de uma odisseia de mudanças entre Bagwall, Cross Cut, Burkett, em 1919, Isaac Howard finalmente levou sua família para Cross Plains, em Callahan County. Depois de vários anos perambulando, a família Howard estava fincando raízes. Robert era lembrado carinhosamente anos depois por seus amigos e conhecidos desse período, impressionados com sua imaginação vívida e por ser um ávido leitor. Em seu livro O Guia Robert E. Howard (Red Dragon, 2019), Patrice Louinet, nos trás as lembranças da uma empregada da agência dos correios de Burkett ao encontrar o jovem Howard que brincava nos campos com seu cachorro e o encontro deixou uma impressão realmente tão duradoura que ela se lembraria anos depois, demonstrando as aspirações inatas no futuro bardo:

"Absortos na leitura, não percebemos a aproximação de um enorme cão preto e branco, usando uma coleira, que vinha descendo de uma saliência da rocha às nossas costas, nos assustando... Quase imediatamente ouvimos um chamado 'Venha, Patches, Venha, Patches', e olhando para cima na direção da voz, vimos um garoto de cerca de dez anos pulando uma cerca nas proximidades.... O mestre do cão veio em nossa direção e educadamente anunciou: eu sou Robert Howard, lamento se nós os assustamos. Patches e eu estamos em nosso passeio matinal. Gostamos de vir aqui onde há

grandes rochas e cavernas para que possamos brincar de faz-de-conta. Algum dia eu vou ser um escritor e escrever histórias sobre piratas e talvez canibais. Vocês gostariam de lê-las?"

Em 1918, por ocasião de um dos cursos de medicina de Isaac, a família Howard precisou passar um tempo em Nova Orleans, que já era uma metrópole fervilhante de duzentos mil habitantes. A experiência foi um choque para o jovem Robert, que sempre tinha vivido em comunidades muito pequenas, perdidas nas profundezas do Texas. Gigantesca e cosmopolita aos olhos do jovem, a cidade ficaria marcada na mente de Robert, tanto que anos depois, ele ainda tinha boas lembranças das velhas criadas de origem francesa, da casa onde havia se hospedados; de um imigrante siciliano que vendia ostras; de um inquietante "mulato" negro-asiático; dos sabores e cheiros exóticos e desconhecidos da cidade. Ele finalmente tinha descoberto a civilização e junto com ela, seu oposto, na forma dos "selvagens" mais elementares: os pictos.

Como leitor insaciável, Robert passava boa parte de seu tempo em uma biblioteca na Canal Street. Foi lá que ele encontrou um livro que falava sobre os primeiros tempos da Grã-Bretanha e foi nas páginas desse livro que o jovem ficou maravilhado ao descobrir sobre as tribos pictas, entre elas, especificamente uma de nome *Brân*, e ali nasceu um fascínio por aquele povo que acompanharia o futuro escritor por toda a vida. Em Nova Orleans, o jovem Howard recebeu outro presente que também o marcaria para sempre: o fato ocorreu no verão de 1921, quando o jovem Robert descobriu o mundo das *pulps* ao encontrar uma cópia da *Adventure*, que era, junto com a *Argosy*, a revista mais prestigiosa do universo da *literatura de polpa* de então, onde se podia ler as histórias de todos os principais escritores do gênero, como Rafael Sabatini, Harold Lamb, Talbot Mundy e outros. Sua vocação para se tornar escritor realmente ganhou um impulso definitivo naquele momento, e o jovem texano imediatamente começou a rabiscar seus primeiros contos para enviar à *Adventure*. Contudo, seus primeiros esforços não foram agraciados com o sucesso que ele, um garoto de apenas quinze anos, ilusoriamente esperava. Mas suas primeiras decepções não o fizeram desistir, e ele rabiscou dezenas e dezenas de histórias, muitas das quais foram abandonadas sem nunca receber uma conclusão. Obviamente ele estava criando suas histórias no afã do momento, não só pela simples alegria de escrever, mas também e ainda, pela influência que recebia com a leitura das *Adventure* e *Argosy* que lhe apresentavam contos de fanfarrões, aventuras de ficção histórica e horror. Foi nesse momento que o jovem Howard deu vida a seus primeiros "heróis": Bran Mak Morn (refletindo seu fascínio pelos pictos que tinha descoberto havia pouco), Frank Gordon (também conhecido como "*El Borak*", que refletia outro interesse do jovem bardo: o oriente misterioso), Steve Allison (o Sonora Kid), Steve Bender e outros. É importante ressaltar que outros escritos, digamos, mais comedidos, foram publicados no colégio e nos jornais de Cross Plains e Brownwood, mas estes não eram profissionais e por isso mesmo não eram pagos (mesmo assim pensamos em trazer esses escritos pela Red Dragon em algum momento).

Mas em março de 1923, chegou às bancas a primeira edição da *Weird Tales*, que foi a primeira revista do gênero a se dedicar integralmente às histórias do estranho, do sobrenatural e do inusitado. Esse acontecimento estava destinado a mudar tudo para o jovem Howard. Hoje lendária por seu próprio mérito, a *Weird Tales* foi, na maior parte de sua longa existência, uma publicação de segunda linha, quase sempre beirando cancelamento, com problemas financeiros que pareciam nunca ter solução. Um fato que Howard descobriu bem cedo, mas embora seja possível detectar, e muitas vezes rastrear, os empréstimos que o jovem Howard fez de suas leituras da *Adventure*, *Argosy* e os clássicos da ficção de aventura, e aplicar à sua própria escrita, nenhuma das histórias publicadas nos primeiros anos da *Weird*

Tales parece tê-lo influenciado por menor que seja. Contudo, no outono de 1924, o jovem Robert enviou uma história para a *Weird Tales*: era "*Lança e Presa*", que ele havia escrito em outubro. A narrativa ocorria durante os tempos pré-históricos e não continha nenhum elemento estranho ou qualquer tipo de atmosfera sobrenatural, mesmo assim a história agradou ao novo editor da revista, Farnsworth Wright, que a comprou por 15 ou 16 dólares (dependendo da fonte), e estimulado por aquela primeira venda de um trabalho seu, o jovem Howard inundou a redação da *Weird Tales* com suas histórias, mas ainda teria que esperar alguns anos antes que pudesse se tornar um regular na revista. Mesmo assim, ele se convenceu de que sua carreira iria decolar depois da publicação de "*Lança e Presa*" (julho de 1925), porém ficou amargamente desiludido quando suas esperanças não se tornaram realidade.

"*Lança e Presa*" é uma história bem simples, mas de forte teor e realmente vigorosa, na qual um homem das cavernas (Cro-Magnon) salva a vida de uma mulher de sua tribo, quando raptada por um neandertal que eram habitantes das densas florestas e praticantes de canibalismo. Mas, por mais breve e simples que a história possa ser, já é possível identificarmos sutilmente alguns elementos que permearão o corpo da obra de Robert E Howard ao longo de sua curta vida como escritor de ficção fantástica: apreço e admiração ao selvagem elementar, críticas severas ao *status quo*, ou melhor, à corrupção do que é chamado "civilizado" e suas regras e tradições absurdas... e algo muito interessante de se notar é que, já nesse breve conto, Howard usa uma personagem feminina como arauto de seus pensamentos que já estavam visivelmente definidos.

A exemplo:

"*Quanto mais primitiva uma raça, mais intolerantes são seus costumes. O vício e a licenciosidade podem*

> *ser a regra, mas a aparência do vício é evitada e condenada.”*

> *“A-aea deveria ter desempenhado o papel de donzela modesta e recatada, talvez despertando habilmente o interesse do jovem artista sem parecer fazê-lo.”*

> *“Mas a pequena A-aea era ela mesma uma marca de progresso. Olhares encobertos não conseguiram atrair a atenção do jovem que parecia absorto em sua arte, então ela adotou a maneira não convencional de espioná-lo, na esperança de encontrar uma maneira de conquistá-lo.”*

Bem como sobre usa os personagens Ga-nor e Ka-nanu para deliberar acerca da natureza do indivíduo macho:

> *“Ga-nor era conhecido por ser gentil com as mulheres, embora descuidado com elas, enquanto Ka-nanu, mostrando-se assim como outra marca de progresso, era orgulhoso de seu sucesso com as mulheres e não usava seu poder sobre elas de maneira gentil.”*

> *“Agora Ga-nor (outra marca de progresso) estava inclinado a se intrometer em coisas que não lhe diziam respeito.”*

Mesmo considerada uma produção juvenil e de qualidade menor por muitos, esta história tem sua importância não só pelas razões supracitadas ou por ter sido sua primeira venda profissional. “*Lança e Presa*” é particularmente importante porque ressalta que Howard deu início à sua carreira profissional publicando em uma revista dedicada ao estranho e ao horrível, uma história proto-histórica sem nenhum dos elementos pré-requisitados que passariam a figurar em suas próximas histórias a serem publicadas pela *Weird*

Tales: "*Na Floresta de Villefére*" (agosto de 1925) e "*Cabeça de Lobo*" (abril de 1926), formando o que costumamos chamar de *Saga de Montour*. Versando sobre licantropia e maldição de tempos antigos, a saga de Montuor é um verdadeiro testemunho ao gênio em ascensão que era o jovem Howard. "*Cabeça de Logo*" também tem uma importância à parte por ter sido a primeira história de Howard a figurar como ilustração da capa da *Weird Tales*.

Em janeiro de 1927 foi a vez da *Weird Tales* apresentar "*A Raça Perdida*". Ambientada durante a ocupação romana na Grã-Bretanha, a história é a primeira investida de Howard aos pictos: um povo selvagem que daria à luz tanto o lendário Bran Mak Morn, a que Howard compôs verdadeiras pérolas como "*Vermes da Terra*" e "*Reis da Noite*", quanto Brule, o Matador-Lanceiro, braço direito do também lendário, rei Kull. Em "*A Raça Perdida*", Howard discorre sobre preconceitos raciais e ódio tribal. A mensagem é clara: *ninguém deve ser responsabilizado pelas ações de seus ancestrais, pois manter um ódio equivocado só leva a mais desastres.* "*A Raça Perdida*" é um conto de ficção histórica e os elementos do estranho também estão presentes.

O ano de 1927 estava chegando ao fim e as coisas não estavam nada bem, mas 1928 prometia bons ventos com a possibilidade de melhores condições para o jovem escritor em ascensão. Já havia se passado algum tempo desde que Howard tinha conseguido concluir sua última história, quando ele resolveu arregaçar as mangas e voltar à tarefa. Foi quando ele escreveu e vendeu "*A Cobra dos Sonhos*" (publicada em fevereiro de 28) , um conto de um horror onírico que chega a ser claustrofóbico. Só então ele conseguiu completar um conto no qual vinha trabalhando há meses, sem jamais conseguir dar os retoques finais que lhes fossem satisfatórios: o conto era "*O Reino das Sombras*", a primeira história a não só apresentaria Kull de Atlântis, mas também marcaria seu primeiro esforço em esboçar de criação de um mundo ou um era fantástica, algo que seria bem mais trabalhado com o advento de Conan e seu mundo hiboriano na década seguinte. "*O Reino das Sombras*" foi vendido por incríveis 100 dólares e se tornou uma pedra fundamental na história da literatura de fantasia e ficção fantástica, mas Howard não tinha ideia do que ele acabava de criar para a posteridade. Ele estava apenas tentando se tornar um escritor e evitar uma vida de trabalhos ou empregos comuns que ele não queria. No rastro de "*A Cobra dos Sonhos*", vieram mais duas vendas: "*A Hiena*" (publicada em março) e "*A Maldição do Mar*" (publicada em maio), além de alguns poemas, quais selecionamos dois (pela temática) para incluir neste volume; "*Os Cavaleiros da Babilônia*" (publicado em janeiro) e "*Os Portões de Nínive*" (publicado em julho).

Mas não parava por aí, 1928 tem uma importância ainda maior, porque foi no início do ano que Howard escreveu a primeira história de um personagem de que vivia em sua mente há bastante tempo: Solomon Kane. A história que ficou conhecida como "*Sombras Vermelhas*" foi publicada pela *Weird Tales* em agosto daquele e garantiu a Howard seu segundo momento a figurar na capa da publicação e os leitores gostaram do personagem. "*Sombras Vermelhas*" é uma história repleta de elementos fantásticos, mas ocorrendo em um cenário histórico ou quase histórico, é tão importante quanto "*O Reino das Sombras*" na cristalização da fantasia moderna. A história quebrou e ultrapassou todas as regras aceitas para a ficção popular e *pulp* da época, e foi por esses motivos que o editor da *Argosy* rejeitou a história, para quem Howard a enviou antes de apresentá-la ao editor da *Weird Tales*. O editor da *Argosy* deve ter sentido algum tipo de receio ao recusar a história, pois sentiu a necessidade de justificar ao escritor a razão de sua rejeição em uma longa carta, sugerindo a Howard fizesse mudanças pontuais em certos aspectos da história, obviamente na tentativa de fazê-la se encaixar nas fórmulas já existentes. Howard não modificou uma palavra da história e a enviou para a *Weird Tales*.

Como dizem, somente uma revista tão "fora dos trilhos" como a *Weird Tales* teria aceito uma história tão atípica como "*Sombras Vermelhas*".

Alex Magnos
— Maio de 2022

LANÇA E PRESA

Um conto de homens das cavernas:
Neandertais e Cro-Magnons.
*—**Weird Tales***
Julho de 1925

Capa da ***Weird Tales*** *volume 6 nº 1 de julho de 1925 com a primeira publicação de uma história de Robert E. Howard:* ***Lança e Presa*** *(Spear and Fang) — uma história de Homens das cavernsa — como dizia o subtítulo na revista. Ilustração da capa por* ***Andrew Brosnatch****.*

Lança e Presa

A-aea se agachou perto da boca da caverna, observando Ga-nor com olhos curiosos. A ocupação de Ga-nor a interessava, assim como o próprio Ga-nor. Quanto a Ga-nor, ele estava muito ocupado com seu trabalho para notá-la. Uma tocha presa em um nicho na parede iluminava vagamente a caverna espaçosa, e com sua luz Ga-nor estava laboriosamente traçando figuras na parede. Com um pedaço de sílex ele rabiscou o contorno e depois, com um graveto embebido em tinta ocre, completou a figura. O resultado foi uma evidência grosseira, mas grave, de um verdadeiro gênio artístico, lutando por expressão.

Foi um mamute que ele procurou retratar, e os olhos da pequena A-aea se arregalaram de admiração e estupefação. Maravilhoso! E se a fera não tivesse uma perna e lhe faltasse a cauda? Ora, eram os membros da tribo, lutando contra a barbárie total, que eram os críticos, e para eles Ga-nor já era um mestre do passado.

No entanto, não foi para assistir à reprodução de um mamute que A-aea se escondeu entre os arbustos escassos da caverna de Ga-nor. A admiração pela pintura empalideceu ao lado do olhar de adoração positiva com que ela favorecia o artista. De fato, Ga-nor não era desagradável aos olhos. Ele era alto, com mais de um metro e oitenta, de constituição esguia, ombros fortes e quadris estreitos, a constituição de um lutador. Suas mãos e pés eram longos e finos; e suas feições, destacadas em um perfil ousado pela luz bruxuleante das tochas, eram inteligentes, com uma testa alta e larga, encimada por uma juba de cabelos cor de areia.

A própria A-aea era muito fácil de ser vista. Seu cabelo, assim como seus olhos, era preto e caía sobre seus ombros magros em uma onda encrespante. Nenhuma tatuagem ocre marcava sua bochecha, pois ela ainda não havia acasalado.

Tanto a garota quanto o jovem eram espécimes perfeitos da grande raça Cro-Magnon que veio de ninguém sabe de onde e anunciou e reforçou sua supremacia sobre a besta e o homem-fera.

A-aea olhou em volta nervosamente. Todas as ideias em contrário, costumes e tabus são muito mais estreitos e vigorosamente aplicados entre os povos selvagens.

Quanto mais primitiva uma raça, mais intolerantes são seus costumes. O vício e a licenciosidade podem ser a regra, mas a aparência do vício é evitada e condenada. Assim, se A-aea tivesse sido descoberta, escondida perto da caverna de um jovem solteiro, a denúncia de uma mulher sem vergonha teria sido seu destino e, sem dúvida, seria chicoteada em público.

Para ser apropriada, A-aea deveria ter desempenhado o papel de donzela modesta e recatada, talvez despertando habilmente o interesse do jovem artista sem parecer fazê-lo. Então, se o jovem estivesse satisfeito, teria seguido o cortejo público por meio de canções de amor toscas e música de flautas de junco. Em seguida, negociar com seus pais e, então, casamento. Ou nenhum cortejo, se o amante fosse rico.

Mas a pequena A-aea era ela mesma uma marca de progresso. Olhares encobertos não conseguiram atrair a atenção do jovem que parecia absorto em sua arte, então ela adotou a maneira não convencional de espioná-lo, na esperança de encontrar uma maneira de conquistá-lo.

Ga-nor se afastou de seu trabalho concluído, espreguiçou-se e olhou para a boca da caverna. Como um coelho assustado, a pequena A-aea se abaixou e saiu correndo.

Quando Ga-nor emergiu da caverna, ficou intrigado com a visão de uma pegada pequena e esguia na argila macia do lado de fora da caverna.

A-aea caminhou em direção a sua própria caverna, que estava, como a maioria das outras, a alguma distância da caverna de Ga-nor. Ao fazê-lo, notou um grupo de guerreiros conversando animadamente na frente da caverna do chefe.

Uma simples garota não podia se intrometer nos conselhos dos homens, mas tal era a curiosidade de A-aea, que ela ousou levar uma bronca se esgueirando para se aproximar por trás. Ela ouviu as palavras "pegada" e "gur-na" (homem-macaco).

As pegadas de um gur-na foram encontradas na floresta, não muito longe das cavernas.

"Gur-na" era uma palavra de ódio e horror para o povo das cavernas, pois as criaturas que os membros da tribo chamavam de "gur-na", ou macacos-homens, eram os monstros peludos de outra era, os homens brutais da raça neandertal. Mais temidos que mamutes ou tigres, eles governaram as florestas até que os homens de Cro-Magnon vieram e travaram uma guerra selvagem contra eles. De grande poder e mente pequena, selvagens, bestiais e canibais, eles inspiraram os homens da tribo com repugnância e horror — um horror transmitido através dos tempos em contos de ogros e *goblins*, de lobisomens e homens-fera.

Eles eram menos e mais astutos, agora. Já não corriam rugindo para a batalha, mas astutos e assustadores, pois esgueiravam-se pelas florestas, o terror de todas as feras, meditando em suas mentes brutais com ódio pelos homens que os expulsaram dos melhores campos de caça.

E sempre os homens de Cro-Magnon os perseguiam e os massacravam, até que, carrancudos, eles se retiraram para as florestas profundas. Mas o medo deles permaneceu com os homens da tribo, e nenhuma mulher ia à selva sozinha.

Às vezes as crianças iam e às vezes não voltavam; e os buscadores encontravam apenas sinais de um banquete medonho, com pegadas que não eram pegadas de animais, nem ainda pegadas de homens.

E assim um grupo de caçadores sairia e caçaria o monstro.

Que às vezes revidava e era morto, e às vezes fugia diante deles e escapava para as profundezas da floresta, onde eles não ousavam seguir. Certa vez, um grupo de caçadores, imprudente com a perseguição, perseguiu um gur-na fugitivo na floresta profunda e lá, em uma ravina profunda, onde galhos salientes impediam a luz do sol, vários neandertais os encontraram.

Assim ninguém mais entrou nas florestas.

A-aea virou-se, com um olhar para a floresta. Em algum lugar em suas profundezas espreitava o homem-fera, olhos de porco brilhando ódio astuto, malévolo, assustador.

Alguém atravessou seu caminho. Era Kan-nanu, filho de um conselheiro do chefe.

Ela se afastou com um encolher de ombros. Ela não gostava de Ka-nanu e tinha medo dele. Ele a tinha cortejado com um ar zombeteiro, como se o fizesse apenas por diversão e que poderia tomá-la sempre que quisesse, de qualquer maneira. Ele a agarrou pelo pulso.

"Não se afaste, bela donzela," disse ele. "É seu escravo, Ka-nanu."

"Me solta," ela respondeu. "Tenho ir à fonte buscar água."

"Então eu irei contigo, lua de delícias, para que nenhum animal te faça mal."

E ele a acompanhou, apesar de seus protestos.

"Há um gur-na à espretia," ele disse a ela severamente. "É dever de um homem acompanhar até mesmo uma donzela virgem, por proteção. E eu sou Ka-nanu", acrescentou ele, em um tom diferente; "não resista a mim por mais tempo, ou eu vou te ensinar a obediência."

A-aea conhecia um pouco da natureza implacável do homem. Muitas das garotas da triba olhavam com bons olhos para Ka-nanu, pois ele era maior e mais alto ainda que Ga-nor, e mais bonito de uma maneira imprudente e cruel. Mas A-aea amava Ga-nor e tinha medo de Ka-nanu. Seu próprio medo dele a impediu de resistir muito às suas abordagens. Ga-nor era conhecido por ser gentil com as mulheres, embora descuidado com elas, enquanto Ka-nanu, mostrando-se assim como outra marca de progresso, era orgulhoso de seu sucesso com as mulheres e não usava seu poder sobre elas de maneira gentil.

A-aea descobriu que Ka-nanu deveria ser mais temido do que uma fera, pois na fonte, fora da vista das cavernas, ele a agarrou em seus braços.

"A-aea," ele sussurrou, "meu pequeno antílope, terei você finalmente. Você não vai escapar de mim."

Em vão, ela lutou e implorou a ele. Erguendo-a em seus braços poderosos, ele caminhou para a floresta.

Freneticamente ela se esforçou para escapar, para dissuadi-lo.

"Eu não sou forte o suficiente para resistir a você," disse ela, "mas vou acusá-lo diante da tribo."

"Você nunca vai me acusar, pequeno antílope", disse ele, e ela leu outra intenção ainda mais sinistra em seu semblante cruel.

Ele a carregou pela floresta e, no meio de uma clareira, parou, seu instinto de caçador alerta.

Das árvores à frente deles caiu um monstro hediondo, uma coisa peluda, disforme e assustadora.

O grito de A-aea ecoou pela floresta, enquanto a coisa se aproximava. Ka-nanu, de lábios brancos e horrorizado, jogou A-aea no chão e disse para ela correr. Então, desembainhando faca e machado, ele avançou.

O homem de Neandertal mergulhou para frente com as pernas curtas e nodosas. Ele estava coberto de pelos e suas feições eram mais horríveis que as de um macaco por causa da qualidade grotesca do homem neles. Narinas achatadas e dilatadas, queixo recuado, presas, sem testa, braços grandes e imensamente longos pendurados em ombros inclinados e incríveis, o monstro parecia o próprio diabo para a garota aterrorizada. Sua cabeça simiesca mal chegava aos ombros de Ka-nanu, mas ele devia pesar quase 40 quilos mais que o guerreiro.

Ele veio como um búfalo em investida, e Ka-nanu o enfrentou direta e corajosamente. Com um machado de sílex e uma adaga de obsidiana, ele empurrou e golpeou, mas o machado foi jogado para o lado como um brinquedo e o braço que segurava a faca estalou como uma vara na mão deformada do neandertal. A garota viu o filho do conselheiro ser arrancado do chão e balançado no ar, viu-o ser arremessado pela clareira, viu o monstro pular atrás dele e dilacerá-lo membro por membro.

Então o neandertal voltou sua atenção para ela. Uma nova expressão surgiu em seus olhos horríveis enquanto ele se arrastava em direção a ela, suas grandes mãos peludas horrivelmente manchadas de sangue, estendendo-se para ela.

Incapaz de fugir, ela ficou tonta de horror e medo. E o monstro a arrastou para ele, olhando de soslaio em seus olhos. Ele a colocou sobre o ombro e caminhou entre as árvores; e a garota, meio desmaiada, sabia que ele a estava levando para seu covil, onde nenhum homem ousaria vir resgatá-la.

Ga-nor desceu à fonte para beber. Ociosamente ele notou as pegadas fracas de um casal que veio antes dele. À toa, ele notou que eles não haviam retornado.

Cada pegada tinha sua característica individual. A do homem, ele sabia ser de Ka-nanu. A outra pegada era a mesma que estava na frente de sua caverna. Ele ficou ponderando preguiçosamente, como Ga-nor estava acostumado a fazer todas as coisas, exceto a pintura de imagens na caverna.

Então, de repente, ele notou que as pegadas da garota cessaram, mas as do homem se voltaram para a selva e ficaram mais profundamente marcadas do que antes. Portanto, Ka-nanu estava carregando a garota.

Ga-nor não era tolo. Ele sabia que nenhum homem carrega uma garota para a floresta sem um bom propósito. Se ela estivesse disposta a ir, ela não teria sido carregada.

Agora Ga-nor (outra marca de progresso) estava inclinado

a se intrometer em coisas que não lhe diziam respeito. Talvez outro homem tivesse dado de ombros e seguido seu caminho, refletindo que não seria bom interferir com um filho de um conselheiro. Mas Ga-nor tinha poucos interesses, e uma vez que seu interesse era despertado, ele ficava inclinado a ir até o fim. Além disso, embora não fosse conhecido como lutador, não temia nenhum homem.

Por isso, ele afrouxou o machado e o punhal em seu cinto, mudou o aperto de sua lança e seguiu a trilha.

Sem parar, cada vez mais fundo na floresta, o neandertal carregava a pequena A-aea.

A floresta era silenciosa e maligna, nenhum pássaro, nenhum inseto quebrava o silêncio. Através das árvores pendentes, nenhuma luz do sol era filtrada. Com pés acolchoados que não faziam barulho, o neandertal apressou-se.

Bestas se esgueiravam para fora de seu caminho. Certa vez, uma grande píton veio deslizando pela selva e o neandertal foi para as árvores com uma velocidade surpreendente para alguém de seu tamanho gigantesco. Ele não se sentia em casa nas árvores, no entanto, A-aea também não.

Uma ou duas vezes a garota vislumbrou outro monstro como seu captor. Evidentemente eles tinham ido muito além dos limites vagamente definidos de sua raça. Os outros homens de neandertal os evitavam. Era evidente que eles viviam como os animais, unindo-se apenas contra algum inimigo comum e não muitas vezes então. Nisso residia a razão do sucesso da guerra dos Cro-Magnons contra eles.

Para uma ravina ele carregou a garota, e para uma caverna pequena e vagamente iluminada pela luz de fora. Ele a jogou rudemente no chão da caverna, onde ela ficou deitada, aterrorizada demais para se levantar.

O monstro a observava, como um demônio da floresta. Ele nem sequer tagarelou com ela, como um macaco teria feito. Os neandertais não tinham nenhuma forma de fala.

Ele lhe ofereceu algum tipo de carne — crua, é claro. Sua mente cambaleando de horror, ela viu que era o braço de uma criança Cro-Magnon. Quando viu que ela não iria comer, ele mesmo devorou, rasgando a carne com grandes presas.

Ele a tomou entre suas grandes mãos, machucando sua carne macia. Passou os dedos ásperos pelos cabelos dela e, quando viu que a machucava, parecia cheio de uma alegria diabólica. Ele arrancou punhados de seu cabelo, parecendo desfrutar diabolicamente da tortura de sua bela cativa. A-aea cerrou os dentes e não gritou como fizera a princípio, e logo ele desistiu.

A roupa de pele de leopardo que ela usava parecia enfurecê-lo. O leopardo era seu inimigo hereditário. Ele o arrancou dela e rasgou em pedaços.

Enquanto isso Ga-nor se apressava pela floresta. Ele estava correndo agora, e seu rosto era uma máscara de demônio, pois havia chegado à clareira sangrenta e encontrado as pegadas do monstro, que levavam para longe dali.

E na caverna na ravina o neandertal tentava agarrar A-aea.

Ela saltou para trás e ele mergulhou em sua direção. Ele a encurralou em um canto, mas ela escorregou sob seu braço e saltou para longe. Ele ainda estava entre ela e a saída da caverna.

A menos que pudesse passar por ele, ela ficaria encurralada e ele a agarraria. Então ela fingiu pular para o lado. O neandertal se arrastou naquela direção e, rápida como um gato, ela saltou para o outro lado e passou por ele, saindo para a ravina.

Com um berro ele disparou atrás dela. Uma pedra rolou sob seu pé, arremessando-a de cabeça; antes que ela pudesse se levantar, a mão dele agarrou seu ombro. Quando ele a arrastou para dentro da caverna, ela gritou, descontroladamente, freneticamente, sem esperança de resgate, apenas o grito de uma mulher nas garras de uma fera.

Ga-nor ouviu aquele grito enquanto saltava para a ravina. Ele se aproximou da caverna rapidamente, mas com cautela. Ao olhar para dentro, viu com olhos de raiva vermelha. Na vaga luz da caverna, o grande neandertal estava de pé, seus olhos de porco em seu inimigo, hediondos, peludos, manchados de sangue, enquanto a seus pés, o corpo macio e branco contrastando com o do monstro desgrenhado, os longos cabelos presos em sua mão manchada de sangue, lá estava A-aea.

O neandertal berrou, largou sua cativa e atacou. E Ga-nor o enfrentou, não confrontando força bruta com sua força menor, mas saltando para trás e para fora da caverna. Sua lança saltou e o monstro gritou enquanto rasgava seu braço. Saltando para trás novamente, o guerreiro puxou sua lança e se agachou. Mais uma vez o neandertaler avançou, e novamente o guerreiro saltou para longe e empurrou, desta vez para o grande peito peludo. E assim eles lutaram, velocidade e inteligência contra a força bruta e a selvageria.

Uma vez, o grande braço do monstro pegou Ga-nor pelo ombro e o arremessou a uns três metros de distância, tornando aquele braço quase inútil por um tempo. O neandertal saltou atrás dele, mas Ga-nor se jogou para o lado e ficou de pé. Por várias vezes sua lança tirou sangue, mas aparentemente parecia apenas enfurecer o monstro.

Então, antes que o guerreiro percebesse, a parede da ravina estava às suas costas e ele ouviu A-aea gritar enquanto o monstro avançava. A lança foi arrancada de sua mão e ele estava agora nas mãos de seu inimigo. Os grandes braços rodearam seu pescoço e ombros, as grandes presas procuraram sua garganta. Ele enfiou o cotovelo sob o queixo recuado de seu antagonista e, com a mão livre, bateu no rosto hediondo repetidas vezes; golpes que teriam derrubado um homem comum, mas que a fera de neandertal nem percebeu.

Ga-nor sentiu a consciência saindo de si. Os braços terríveis o esmagavam, ameaçando quebrar seu pescoço. Por cima do ombro de seu inimigo, ele viu a garota se aproximando com uma grande pedra e tentou afastá-la.

Com um grande esforço, ele estendeu a mão sobre o braço do monstro e encontrou seu machado. Mas eles estavam tão próximos que ele não conseguia puxá-lo. O homem de Neandertal se propôs a quebrar seu inimigo em pedaços como se quebrasse uma vara. Mas o cotovelo de Ga-nor estava enfiado sob seu queixo, e quanto mais o homem de Neandertal puxava, mais fundo o cotovelo cravava naquela garganta peluda. Logo ele percebeu esse fato e arremessou Ga-nor para longe. Ao fazê-lo, o guerreiro sacou seu machado e, golpeando com a fúria do desespero, cortou a cabeça do monstro.

Por um instante Ga-nor ficou cambaleando sobre seu inimigo, então sentiu uma forma suave em seus braços e viu um rosto bonito, perto dele.

"Ga-nor!" A-aea sussurrou, e Ga-nor pegou a garota em seus braços.

"Pelo que lutei, eu vou manter", disse ele.

E foi assim que a garota que saiu para a floresta nos braços de um sequestrador voltou nos braços de um amante e companheiro.

NA FLORESTA DE VILLEFÉRE

"Se um lobisomem é morto como homem,
Seu espírito assombrará seu assassino."
—Weird Tales
Agosto de 1925

Weird Tales

The Unique Magazine

AUGUST, 1925 — 25 CENTS

BLACK MEDICINE by Arthur J. Burks

Stories by MURRAY LEINSTER SEABURY QUINN *and* OTHERS

Na Floresta de Villefére

O sol havia se posto. As grandes sombras vieram caminhando sobre a floresta. No estranho crepúsculo de um final de verão, vi o caminho à frente deslizar entre as árvores poderosas e desaparecer. E eu estremeci e olhei com medo por cima do ombro. Quilômetros atrás ficava a aldeia mais próxima — milhas à frente da próxima.

Olhei para a esquerda e para a direita enquanto caminhava, e logo olhei para trás. Então parei, agarrando minha rapieira, enquanto um galho quebrado indicava a partida de algum pequeno animal. Ou era uma fera?

Mas o caminho seguia e eu continuei, porque, na verdade, não tinha mais o que fazer.

Enquanto caminhava, pensava comigo mesmo: "Meus próprios pensamentos me enlouquecerão, se não me cuidar. O que há nesta floresta, exceto talvez as criaturas que a perambulam, veados e afins? Tush, as lendas tolas desses aldeões!"

E então continuei e o crepúsculo se transformou em escuridão. As estrelas começaram a piscar e as folhas das árvores murmuraram na brisa fraca. Então parei de repente, minha espada saltando para minha mão, pois logo à frente, em uma curva do caminho, alguém estava cantando. As palavras eu não conseguia distinguir, mas o sotaque era estranho, quase bárbaro.

Eu pisei atrás de uma grande árvore, e o suor frio escorria pela minha testa. Então apareceu o cantor, um homem alto e magro, vago no crepúsculo. Dei de ombros. Um homem eu não temia. Saltei para fora, a ponta da espada levantada.

"Parado!"

Ele não mostrou nenhuma surpresa. "Peço que manuseie sua lâmina com cuidado, amigo", disse ele.

Um pouco envergonhado, baixei minha espada.

"Sou novo nesta floresta," disse, me desculpando. "Ouvi falar de bandidos. Peço perdão. Onde fica a estrada para Villefére?"

"Corbleu, você passou por ela," ele respondeu. "Você deveria ter se desviado para a direita a alguma distância atrás. Eu mesmo vou para lá. Se você puder aceitar minha companhia, poderei orientá-lo."

Hesitei. No entanto, por que eu deveria hesitar?

"Ora, certamente. Meu nome é de Montour, da Normandia."

"E eu sou *Carolus le Loup*."

"Não!" Recuei sobressaltado.

Ele me olhou com espanto.

"*Pardon*," disse eu; "o nome é estranho. *Loup* não significa lobo?"

"Minha família sempre foi de grandes caçadores," respondeu. Ele não ofereceu a mão.

"Você vai perdoar meu olhar," eu disse enquanto seguíamos pelo caminho, "mas mal posso ver seu rosto no crepúsculo."

Senti que ele estava rindo, embora não tenha feito nenhum som.

"É pouco para se ver," ele respondeu.

Me aproximei e então pulei para longe, meu cabelo eriçado.

"Uma máscara!" Exclamei. "Por que você usa uma máscara, *m'sieu*?"

"É um voto," exclamou. "Ao fugir de uma matilha de cães, jurei que, se escapasse, usaria uma máscara por um certo tempo."

"Cães de caça, *m'sieu*?"

"Lobos," ele respondeu rapidamente; "Eu disse lobos."

Caminhamos em silêncio por algum tempo e então meu companheiro disse: "Estou surpreso que você ande por esses bosques à noite. Poucas pessoas vêm por aqui mesmo durante o dia."

"Estou com pressa para chegar à fronteira," respondi. "Um tratado foi assinado com os ingleses, e o duque de Borgonha deve saber disso. As pessoas na aldeia tentaram me dissuadir. Eles falaram de... um lobo que supostamente vaga por essas florestas."

"Aqui o caminho se ramifica para Villefére," disse ele, e eu vi um caminho estreito e tortuoso que eu não tinha visto quando passei por ele antes. Levava em meio à escuridão das árvores. Estremeci.

"Você deseja voltar para a aldeia?"

"Não!" Exclamei. "Não, não! Vamos em frente."

Tão estreito era o caminho que percorremos em fila indiana, ele conduzindo. Olhei bem para ele. Era mais alto, muito mais alto do que eu, e magro, rijo. Estava vestido com um traje que cheirava à Espanha. Uma longa rapieira balançava em seu quadril. Ele andava com passos largos e fáceis, sem fazer barulho.

Então ele começou a falar de viagens e aventuras. Falou de muitas terras e mares que tinha visto e muitas coisas estranhas. Seguimos conversando e fomos cada vez mais longe na floresta.

Presumi que fosse francês, mas tinha um sotaque muito estranho, que não era francês, nem espanhol, nem inglês, diferente de qualquer outra língua que eu já tivesse ouvido. Algumas palavras ele pronunciava estranhamente e outras não conseguia pronunciar.

"Este caminho é frequentemente usado, não é?" Perguntei.

"Não por muitos," ele respondeu e riu silenciosamente. Estremeci. Estava muito escuro e as folhas sussurravam entre os galhos.

"Um demônio assombra esta floresta," eu disse.

"É o que dizem os camponeses," respondeu ele, "mas eu andei por aqui muitas vezes e nunca vi seu rosto."

Então ele começou a falar de estranhas criaturas das trevas, e a lua se ergueu e sombras deslizaram entre as árvores. Ele olhou para a lua.

"Rápido!" Disse ele. "Devemos chegar ao nosso destino antes que a lua atinja seu zênite."

Corremos pela trilha.

"Dizem," falei, "que um lobisomem assombra essas florestas."

"Pode ser", disse ele, e discutimos muito sobre o assunto.

"As velhas dizem," disse ele, "que se um lobisomem é morto enquanto na forma de lobo, então ele é morto, mas se ele é morto como um homem, então sua meia-alma assombrará seu assassino para sempre. Mas apresse-se, a lua se aproxima de seu zênite."

Entramos em uma pequena clareira enluarada e o estranho parou.

"Vamos fazer uma pausa," disse ele.

"Não, vamos embora," insisti; "Não gosto deste lugar."

Ele riu sem som. "Ora", disse ele, "esta é uma bela clareira. Tão boa quanto um salão de banquetes, e muitas vezes já me banqueteei aqui. Ha, ha, ha! Olhe, vou lhe mostrar uma dança." E começou a pular aqui e ali, jogando a cabeça para trás e rindo silenciosamente. Pensei, o homem é louco.

Enquanto ele dançava sua dança estranha, eu olhava ao meu redor. A trilha não continuava, ela parava na clareira.

"Venha", falei, "devemos continuar. Você não sente o cheiro fétido e peludo que paira sobre a clareira? Lobos se entocam aqui. Talvez eles estejam ao nosso redor e nos espreitando agora mesmo."

Ele caiu de quatro, saltou mais alto do que a minha cabeça, e veio em minha direção com um estranho movimento furtivo.

"Essa dança se chama Dança do Lobo," disse ele, e meu cabelo se arrepiou.

"Afaste-se!" Dei um passo para trás e, com um guincho que fez os ecos estremecerem, ele saltou para mim e, embora tivesse uma espada pendurada no cinto, ele não a puxou. Minha rapieira já estava fora pela metade quando ele agarrou meu braço e me jogou de cabeça. Eu o arrastei comigo e caímos no chão juntos.

Conseguindo libertar uma mão, arranquei fora a máscara. Um grito de horror saiu de meus lábios. Olhos de fera brilhavam sob aquela máscara, presas brancas brilhavam ao luar. O rosto era o de um lobo.

Em um instante aquelas presas estavam na minha garganta. Mãos com garras arrancaram a espada do meu alcance. Bati naquele rosto horrível com os punhos cerrados, mas suas mandíbulas estavam presas em meus ombros, suas garras rasgavam minha garganta. Então eu estava de costas. O mundo estava desaparecendo. Cegamente eu bati. Minha mão caiu, então se fechou automaticamente sobre o punho da minha adaga, que eu não conseguira alcançar. Desembainhei e esfaqueei. Um berro terrível, meio bestial. Então cambaleei para ficar de pé, livre. Aos meus pés estava o lobisomem.

Me abaixei, levantei a adaga, então parei, olhei para cima. A lua pairava perto de seu zênite. Se eu matasse a coisa como um homem, seu espírito assustador me assombraria para sempre. Sentei esperando. A coisa me observou com olhos de lobo flamejantes. Os membros compridos e duros pareciam encolher, curvar-se; o cabelo parecia crescer sobre eles. Temendo a loucura, peguei a própria espada da coisa e a cortei em pedaços. Então joguei a espada longe e fugi.

CABEÇA DE LOBO

Uma coisa maligna forjando terrível Morte.
*—**Weird Tales***
Abril de 1926

Capa da **Weird Tales** *volume 7 nº 4 de abril de 1926*
com a primeira publicação de **Cabeça de Lobo** *(Wolfshead). Esta edição também marca a primeira vez que uma história de Howard ilustra a capa da revista.*
Ilustração da capa por **E.M. Stevenson.**

Cabeça de Lobo

Medo? Pardon, Messieurs, mas não conhecem o significado do medo. Não, eu mantenho a minha declaração. Vocês são soldados, aventureiros. Conheceram os ataques de regimentos de *dragoons*,[1] o frenesi dos mares açoitados pelo vento. Mas medo, medo de arrepiar os cabelos, medo de horror rastejante, vocês não conhecem. Eu mesmo já conheci esse medo; mas até que as legiões das trevas redemoinem do portão do inferno e o mundo queima em ruínas, nunca mais tal medo será conhecido pelos homens:

Ouçam, vou lhes contar a história; pois foi há muitos anos pelo meio do mundo; e nenhum de vocês jamais verá o homem de quem eu lhes falo, ou se vissem, o reconheceriam.

Retornem, então, comigo através dos anos para um dia em que eu; um jovem cavaleiro imprudente, desci do pequeno barco que me trouxe do navio flutuando ao porto, amaldiçoei a lama que cobria o cais tosco e subi o terreno em direção ao castelo, em resposta ao convite de um velho amigo, Dom Vincente da Lusto.

Dom Vincente era um homem estranho, de grande visão, um homem forte, que tinha visões além do alcance de seu tempo. Em suas veias, talvez, corria o sangue daqueles velhos fenícios que, dizem-nos os sacerdotes, governavam os mares e construíam cidades em terras longínquas, nas eras obscuras. Seu plano

---

1 - *Na Europa do final do século 16, um soldado montado que lutava como um cavaleiro leve no ataque e como um soldado de infantaria desmontado na defesa era chamado "dragoon". O termo derivou de sua arma, uma espécie de carabina ou mosquete curto chamado "dragoon".*

de fortuna era estranho, mas bem-sucedido; poucos homens teriam pensado nisso; menos poderiam ter conseguido. Pois sua propriedade ficava na costa ocidental daquele continente escuro e místico, aquele defletor de exploradores – a África.

Lá, junto a uma pequena baía, ele limpou a selva sombria, construiu seu castelo e seus armazéns, e com mão implacável arrebatou as riquezas da terra. Quatro navios ele tinha: três embarcações menores e um grande galeão. Estes percorriam entre seus domínios e as cidades da Espanha, Portugal, França e até da Inglaterra, carregados de madeiras raras, marfim, escravos; as mil estranhas riquezas que Dom Vincente havia adquirido pelo comércio e pela conquista.

Sim, um empreendimento selvagem, um comércio mais selvagem. E, no entanto, ele poderia ter moldado um império da terra escura, se não fosse por Carlos, o cara de rato, seu primo, mas corro à frente de minha história.

Vejam, *messieurs*, desenho um mapa na mesa, assim, com o dedo mergulhado no vinho. Aqui ficava o porto pequeno e raso, e aqui o cais largo: um desembarque corria assim, subindo a ligeira encosta com armazéns semelhantes a cabanas de cada lado, e aqui parava em um fosso largo e raso. Sobre ele passava uma ponte levadiça estreita e então se deparava com uma alta paliçada de toras fincadas no chão. Esta se estendia inteiramente ao redor do castelo. O próprio castelo foi construído segundo o modelo de outra época anterior; sendo mais pela força do que pela beleza. Construído em pedra trazida de longe; anos de trabalho e mil negros labutando — sob o chicote ergueram suas paredes, e uma vez completo, oferecia uma aparência quase inexpugnável. Tal era a intenção de seus construtores, pois piratas berberes[2] percorriam as costas, e o horror de uma revolta nativa espreitava sempre perto.

---

2 - *Os piratas berberes, ou corsários bárbaros ou corsários otomanos, eram piratas e corsários muçulmanos que operavam no norte da África, com base principalmente nos portos de Salé, Rabat, Argel, Túnis e Trípoli. Esta área era*

Um espaço de cerca de meia milha de cada lado do castelo foi mantido limpo e estradas foram construídas através da terra pantanosa. Tudo isso exigiu uma quantidade imensa de trabalho, mas a mão de obra era abundante. Um presente para um chefe, e ele fornecia tudo o que era necessário, E os portugueses sabem fazer os homens trabalharem!

A menos de trezentos metros a leste do castelo corria um rio largo e raso, que desaguava no porto. O nome escapou completamente da minha mente. Era um título pagão e eu nunca poderia colocar ele na minha língua.

Descobri que não era o único amigo convidado para o castelo. Parece que uma vez por ano, ou algo assim, Dom Vincente trazia uma multidão de companheiros alegres para sua propriedade solitária e se divertia por algumas semanas, para compensar o trabalho e a solidão do resto do ano.

Na verdade, já era quase noite e um grande banquete estava em andamento quando entrei. Fui aclamado com grande deleite, recebido ruidosamente por amigos e apresentado a estranhos que ali estavam.

Cansado demais para participar da festança, comi, bebi em silêncio, ouvi os brindes e as canções e estudei os festeiros.

Dom Vincente, é claro, eu conhecia, pois tinha sido íntimo dele durante anos; também sua linda sobrinha, Ysabel, que foi uma das razões pelas quais eu aceitei seu convite para vir àquele deserto fedorento. Seu primo em segundo grau, Carlos, eu conhecia e não gostava — um sujeito astuto e mesquinho com

---

conhecida na Europa como a Costa Bárbara, em referência aos berberes. Sua predação se estendeu por todo o Mediterrâneo, ao sul ao longo da costa atlântica da África Ocidental e no Atlântico Norte até o norte da Islândia, mas operavam principalmente no Mediterrâneo ocidental. Além de apreender navios mercantes, eles se envolveram em ataques a cidades e vilas costeiras europeias, principalmente na Itália, França, Espanha e Portugal, mas também nas Ilhas Britânicas, Holanda e Islândia. O principal objetivo de seus ataques era capturar escravos para o comércio de escravos otomano, bem como para o mercado geral de escravos árabes no norte da África e no Oriente Médio.

um rosto como o de um vison. Depois havia meu velho amigo, Luigi Verenza, um italiano; e sua irmã paqueradora, Marcita, que olhava para os homens como de costume. Também havia um alemão baixo e atarracado que se chamava Barão von Scluller; e Jean Desmarte, um nobre almofadinha da Gasconha; e Don Florenzo de Seville, um homem magro, moreno e calado, que se dizia espanhol e usava uma rapieira quase tão comprida quanto ele mesmo.

Havia outros, homens e mulheres, mas foi há muito tempo e não me lembro de todos os seus nomes e rostos. Mas havia um homem cujo rosto de alguma forma atraiu meu olhar como o ímã de um alquimista atrai o aço. Era um homem esguio, de estatura um pouco maior do que mediana, vestido de maneira simples, quase austera, e portava uma espada quase tão longa quanto a do espanhol.

Mas não foram suas roupas nem sua espada que atraíram minha atenção. Mas seu rosto. Um rosto refinado e de alta raça, estava profundamente sulcado por linhas que lhe davam uma expressão cansada e abatida. Pequenas cicatrizes salpicavam o maxilar e a testa como se fossem rasgadas por garras selvagens; eu poderia jurar que os olhos cinzentos estreitos tinham um olhar fugaz e assombrado em sua expressão às vezes.

Inclinei-me àquela paquera, Marcita, e perguntei o nome do homem, pois havia escapado da minha mente que tínhamos sido apresentados.

"De Montour, da Normandia," ela respondeu. "Um homem estranho. Acho que não gosto dele."

"Então ele resiste às suas armadilhas, minha pequena feiticeira?" murmurei; a longa amizade tinha me tornado tão imune à sua cólera como às suas artimanhas. Mas ela escolheu não ficar com raiva e respondeu timidamente, olhando por baixo dos cílios recatadamente abaixados.

Observei muito de Montour, sentindo um estranho fascínio. Ele comia levemente, bebia muito, raramente falava, e apenas para responder a perguntas.

Logo que brindes circularam, notei seus companheiros o incitando a se levantar e dar saúde. A princípio, ele recusou, depois se levantou, por causa de suas repetidas insistências, e ficou em silêncio por um momento, com o cálice erguido. Ele parecia dominar, intimidar o grupo de foliões. Então, com uma risada zombeteira e selvagem, ergueu a taça acima de sua cabeça.

"A Salomão," exclamou ele, "que prendeu todos os demônios! E três vezes amaldiçoado seja ele pois alguns escaparam!"

Um brinde e uma maldição de uma vez só! Todos beberam silenciosamente, e com muitos olhares de esguelha e dúvidas.

Naquela noite, me retirei cedo, cansado da longa viagem marítima e com a cabeça girando com a força do vinho, do qual Dom Vincente guardava tão grandes reservas.

Meu quarto ficava perto do topo do castelo e dava para as florestas do sul e o rio. A sala estava mobiliada com um esplendor bruto e bárbaro, assim como todo o resto do castelo.

Indo para a janela, olhei para o arcabuzeiro andando pelos terrenos do castelo bem dentro da paliçada; no espaço limpo que se deitava disforme e estéril ao luar; na floresta além; no rio silencioso.

Dos alojamentos nativos perto da margem do rio vinha o som estranho de algum alaúde rude, soando uma melodia bárbara.

Nas sombras escuras da floresta, algum estranho pássaro noturno ergueu uma voz zombeteira. Mil notas menores soaram — pássaros e feras, e o diabo sabe o que mais! Algum grande gato selvagem começou a uivar de arrepiar os cabelos. Dei de ombros e me virei para longe das janelas. Certamente demônios espreitavam naquelas profundezas sombrias.

Houve uma batida na minha porta e eu a abri, para ver de Montour.

Ele caminhou até a janela e olhou para a lua, que cavalgava resplandecente e gloriosa.

"A lua está quase cheia, não é, Monsieur?" Ele comentou, virando-se para mim. Eu balancei a cabeça, e poderia jurar que ele estremeceu.

"*Pardon, monsieur*. Não vou mais incomodá-lo." Ele se virou para sair, mas na porta se virou e refez seus passos.

"*Monsieur*," ele quase sussurrou, com uma intensidade feroz, "o que quer que faça, certifique-se de barrar e trancar sua porta esta noite!"

Então ele se foi, deixando-me a observá-lo perplexo.

Cochilei para dormir, os gritos distantes dos foliões em meus ouvidos, e embora estivesse cansado, ou talvez por isso, dormi levemente. Embora eu nunca realmente acordasse até de manhã, sons e ruídos pareciam flutuar até mim através do meu véu de sono, e uma vez pareceu que algo estava espreitando e empurrando a porta trancada.

Como é de se supor, a maioria dos convidados estava com um humor bestial no dia seguinte e permaneceram em seus quartos a maior parte da manhã ou então permaneceram deitados até tarde. Além de Dom Vincente, havia realmente apenas três dos membros masculinos sóbrios: de Montour; o espanhol, de Seville (como se chamava); e eu mesmo. O espanhol nunca tocou em vinho e, embora de Montour consumisse quantidades incríveis, isso nunca o afetou de forma alguma.

As senhoras nos cumprimentaram muito graciosamente.

"É verdade, *signor*," comentou a atrevida Marcita, estendendo-me a mão com um ar gracioso que parecia me fazer rir, "estou feliz em ver que há cavalheiros entre nós que se preocupam mais com a nossa companhia do que com o cálice de vinho; pois a maioria deles está surpreendentemente confusa esta manhã."

Então, com um giro ultrajante de seus olhos maravilhosos, "acho que alguém estava bêbado demais para ser discreto ontem à noite — ou não o suficiente. Pois a menos que meus pobres sentidos me iludam muito, alguém veio atrapalhado à minha porta tarde da noite."

"Há!" Exclamei com raiva rápida, "algum...!"

"Não. Silêncio." Ela olhou em volta como se para se certificar de que estávamos sozinhos, então: "Não é estranho que o signor de Montour, antes de se retirar ontem à noite, me instruiu a fechar bem a minha porta?"

"Estranho," murmurei, mas não disse a ela que ele havia me dito a mesma coisa.

"E não é estranho, Pierre, que embora o *signor* de Montour tenha saído do salão de banquetes antes mesmo de você, e tenha a aparência de alguém que ficou acordado a noite toda?" Dei de ombros. As fantasias de uma mulher são muitas vezes estranhas.

"Esta noite," ela disse maliciosamente, "vou deixar minha porta destrancada e ver quem eu pego."

"Você não vai fazer tal coisa."

Ela mostrou seus dentinhos em um sorriso desdenhoso e exibiu uma pequena e perversa adaga.

"Ouça, diabinho. De Montour me deu o mesmo aviso que deu a você. O que quer que ele soubesse, quem quer que rondasse os corredores ontem à noite, o objetivo era mais assassinato do que aventura amorosa. Mantenha suas portas trancadas. A senhora Ysabel divide seu quarto, não é?"

"Ela não. E eu mando minhas mulheres para a senzala à noite," ela murmurou, olhando maliciosamente para mim por baixo das pálpebras caídas.

"Alguém pensaria que você é uma garota sem caráter pela sua conversa," eu disse a ela, com a franqueza da juventude e da longa amizade. "Ande com cuidado, mocinha, senão mando seu irmão lhe dar umas palmadas."

E me afastei para prestar meus respeitos a Ysabel. A portuguesa era o contrário de Marcita, uma jovem tímida, modesta, não tão bonita como a italiana, mas de uma beleza primorosa num ar apelativo, quase infantil. Uma vez tive pensamentos — Oi! Oi! Ah, ser jovem e tolo!

Pardon, messieurs. A mente de um velho vagueia. Era sobre de Montour que eu queria lhes contar, de Montour e o primo com cara de vison de Dom Vincente.

Um bando de nativos armados se amontoava nos portões, mantidos à distância pelos soldados portugueses. Entre eles estavam uns vinte homens e mulheres jovens, todos nus, acorrentados pescoço a pescoço. Eram escravos, capturados por alguma tribo guerreira e trazidos para venda. Dom Vincente os examinou pessoalmente.

Seguiu-se um longo regatear e barganhas, das quais rapidamente me cansei e me afastei, imaginando como um homem da posição de Dom Vincente pudesse se humilhar a ponto de se rebaixar a negociar.

Mas voltei quando um dos nativos da aldeia vizinha apareceu e interrompeu a venda com uma longa arenga a Dom Vincente.

Enquanto conversavam, de Montour apareceu, e logo Dom Vincente virou-se para nós e disse: "Um dos lenhadores da aldeia foi despedaçado por um leopardo ou algum animal semelhante ontem à noite. Um jovem forte e solteiro."

"Um leopardo? Eles viram?" Perguntou de repente a de Montour, e quando Dom Vincente disse que não, que veio e se foi à noite, de Montour ergueu a mão trêmula e passou-a pela testa, como se quisesse enxugar o suor frio.

"Ah, veja, Pierre," disse Dom Vincente, "tenho aqui um escravo que, maravilha das maravilhas, deseja ser seu. Embora só o diabo saiba por quê."

Ele conduziu um jovem e magro *Jakri*,[3] um mero rapaz, cujo principal ativo parecia ser um sorriso alegre.

"Ele é seu," disse Dom Vincente. "Ele é bem treinado e será um bom servo. E veja bem, um escravo é uma vantagem sobre um servo, pois tudo o que ele precisa é de comida e uma tanga ou

---

3 - *Os Jakri eram a tribo dominante na região do Baixo e do Novo Benin (nação da África Ocidental de língua francesa).*

algo assim com um toque de chicote para mantê-lo em seu lugar."

Não demorou muito. Aprendi porque Gola desejava ser "meu", escolhendo-me entre todos os outros. Foi por causa do meu cabelo. Como muitos dândis[4] da época, eu o usava comprido e encaracolado, as mechas caindo até os ombros. Acontece que eu era o único homem do grupo que usava meu cabelo assim, e Gola se sentava e olhava para ele com admiração silenciosa por horas a fio, ou até que, ficando nervoso sob seu escrutínio sem piscar, eu o expulsava.

Foi nessa noite que uma animosidade taciturna, quase imperceptível, entre o Barão von Schuller e Jean Desmarte explodiu em chamas.

Como de costume, a mulher foi a causa. Marcita fez um flerte ultrajante com os dois.

Isso não era sábio. Desmarte era um jovem tolo selvagem. Von Schuller era uma fera luxuriosa. Mas quando, *messieurs*, a mulher usou a sabedoria?

O ódio deles se transformou em uma fúria assassina quando o alemão tentou beijar Marcita.

Espadas estavam colidindo em um instante. Mas antes que Dom Vincente pudesse dar uma ordem para parar, Luigi estava entre os combatentes e havia derrubado suas espadas, arremessando-os para trás com violência.

"Signori," disse ele suavemente, mas com uma intensidade feroz, "é parte dos signori de alta estirpe brigar por minha irmã? Você, Marcita, vá imediatamente para o seu quarto, e não saia até que eu lhe dê permissão."

E ela foi, pois independente que fosse, ninguém se importava em encarar o jovem esbelto e de aparência efeminada quando um rosnado tigrino curvou seus lábios e um brilho assassino iluminou seus olhos escuros.

---

4 - *Aquele que se veste elegante e requintadamente e por extensão, Janota: quem se veste ou tem um comportamento afetado e excessivamente delicado. A origem da palavra vem do inglês "dandy".*

Desculpas foram feitas, mas pelos olhares que os dois rivais lançaram um ao outro, sabíamos que a briga não estava esquecida e iria ressurgir ao menor pretexto.

Tarde da noite, acordei de repente com uma sensação estranha e sinistra de horror. Por que, eu não poderia dizer. Levantei-me, vi que a porta estava bem trancada e, vendo Gola adormecido no chão, acordei-o com um chute irritado.

E assim que ele se levantou, apressado, esfregando-se, o silêncio foi quebrado por um grito selvagem, um grito que ecoou pelo castelo e trouxe um berro assustado do arcabuzeiro que caminhava pela paliçada; um grito da boca de uma garota, frenética de terror.

Gola gritou e mergulhou atrás do divã. Escancarei a porta e corri pelo corredor escuro. Descendo às pressas uma escada encaracolada, dei de cara com alguém lá embaixo e caímos de cabeça.

Ele murmurou alguma coisa e reconheci a voz de Jean Desmarte. Eu o levantei e corri, ele me seguindo; os gritos cessaram, mas todo o castelo estava em alvoroço, vozes gritando, tinir de armas, luzes piscando, a voz de Dom Vincente gritando pelos soldados, o barulho de homens armados correndo pelas salas e caindo uns sobre os outros. Com toda a confusão, Desmarte, o espanhol e eu chegamos ao quarto de Marcita no momento em que Luigi entrou correndo e pegou sua irmã em seus braços.

Outros entraram correndo, carregando luzes e armas, gritando, exigindo saber o que estava acontecendo.

A garota estava quieta nos braços de seu irmão, seu cabelo escuro solto e ondulando sobre seus ombros, suas delicadas roupas de dormir rasgadas em pedaços e expondo seu lindo corpo. Longos arranhões apareciam em seus braços, seios e ombros.

De repente, ela abriu os olhos, estremeceu, então gritou descontroladamente e agarrou-se freneticamente a Luigi, implorando para que ele não deixasse algo levá-la.

"A porta!" Ela choramingou. "Deixei-a destrancada. E

alguma coisa entrou no meu quarto na escuridão. Eu a golpeei com minha adaga e ela me jogou no chão, me rasgando e arranhando. Então desmaiei."

"Onde está von Schuller?" Perguntou o espanhol, um brilho feroz em seus olhos escuros. Cada homem olhou para seu vizinho. Todos os convidados estavam lá, exceto o alemão. Notei de Montour olhando para a garota aterrorizada, seu rosto mais abatido do que o habitual. E achei estranho que ele não usasse nenhuma arma.

"Sim, von Schuller!" exclamou Desmarte ferozmente. E metade de nós seguiu Dom Vincente pelo corredor. Começamos uma busca vingativa pelo castelo e, em um corredor pequeno e escuro, encontramos von Schuller. Sobre seu rosto ele jazia, em uma mancha carmesim que ficava cada vez maior.

"Este é o trabalho de algum nativo!" Exclamou Desmarte, rosto horrorizado.

"Bobagem," gritou Dom Vincente. "Nenhum nativo lá de fora podia passar pelos soldados. Todos os escravos, entre eles os de von Schuller, foram barrados e trancados na senzala, exceto Gola, que dorme no quarto de Pierre, e a mulher de Ysabel."

"Mas quem mais poderia ter feito essa ação?" Exclamou Desmarte em fúria.

"Você!" Eu disse abruptamente; "senão, por que você correu tão rapidamente para longe do quarto de Marcita?"

"Maldito seja, você mente!" Ele gritou, e sua espada desembainhada saltou para o meu peito; mas rápido como era, o espanhol foi ainda mais. A rapieira de Desmarte bateu contra a parede e ele ficou parado como uma estátua, a ponta imóvel da espada do espanhol tocando sua garganta.

"Amarrem-no," disse o espanhol sem paixão. "Baixe sua lâmina, Don Florenzo," ordenou Dom Vincente, avançando e dominando a cena. "*Signor* Desmarte, você é um dos meus melhores amigos, mas eu sou a única lei aqui e o dever deve ser cumprido. Dê sua palavra de que não tentará escapar."

"Eu dou," respondeu o gascão calmamente. "Agi precipitadamente. Peço desculpas. Eu não estava fugindo intencionalmente, mas os salões e corredores deste castelo amaldiçoado me confundem." De todos nós, provavelmente apenas um homem acreditou nele.

"Messieurs!" De Montour deu um passo à frente. "Este jovem não é culpado. Vire o alemão."

Dois soldados fizeram o que ele pediu. De Montour estremeceu, apontando. O resto de nós olhou uma vez, depois recuou horrorizado.

"O homem poderia ter feito isso?"

"Com uma adaga..." começou alguém.

"Nenhuma adaga deixa feridas assim," disse o espanhol: "O alemão foi despedaçado pelas garras de uma fera assustadora."

Olhamos ao nosso redor, meio que esperando que algum monstro hediondo saltasse sobre nós das sombras.

Procuramos naquele castelo; cada pé, cada centímetro dele. E não encontramos vestígios de nenhum animal.

Amanheceu quando voltei ao meu quarto, para descobrir que Gola havia se trancado; e levei quase meia hora para convencê-lo a me deixar entrar. Tendo lhe dado um tapa forte e repreendido por sua covardia, contei-lhe o que havia acontecido, pois ele entendia francês e falava uma mistura estranha que ele orgulhosamente chamava de francês.

Sua boca abriu e apenas o branco de seus olhos apareceu quando a história atingiu seu clímax.

"*Ju-ju!*" Ele sussurrou assustadoramente. "Homem fetiche!" De repente, uma ideia me ocorreu. Eu tinha ouvido histórias vagas, pouco mais do que dicas de lendas, do culto diabólico ao leopardo que existia na Costa Oeste. Nenhum homem branco jamais tinha visto um de seus devotos, mas Dom Vincente nos contara histórias de homens-fera, disfarçados em peles de leopardos, que furtivamente atravessavam a selva da meia-noite, matavam e devoravam. Um arrepio medonho percorreu minha espinha, e em um instante eu tinha Gola em um aperto que o fez gritar.

"Aquilo era um homem-leopardo?" Eu assobiei, sacudindo-o violentamente.

"*Massa, massa!*"[5] Ele ofegou. "*Mim bom rapaz! Homem ju-ju Qet! Mais besser no diz!*"

"Você vai me dizer!" Cerrei os dentes, renovando meus esforços, até que, com as mãos acenando com protestos débeis, ele prometeu me contar o que sabia.

"Não homem-leopardo!" Ele sussurrou, e seus olhos se arregalaram com medo sobrenatural. "Lua, ela cheia, lenhador encontra, ele amontoado de garras. Encontra outro lenhador. Grande Massa (Dom Vincente) diz, 'leopardo'. Não leopardo. Mas homem-leopardo, ele veio pra matar. Algo matar homem-leopardo! Amontoado de garras! Ai, ai! Lua cheia de novo. Algo vem, cabana solitária; rasga mulher, rasga nas sombras. Encontrei uma garra Grande Massa diz 'leopardo...' Lua cheia de novo, e lenhador encontra, monte de garras. Agora vem no castelo. Nada de leopardo. Mas sempre pegadas de um homem."

Dei uma exclamação assustada e incrédula.

Era verdade, Gola asseverou. Sempre as pegadas de um homem levavam para longe da cena do assassinato. Então, por que os nativos não disseram ao Grande Massa que ele poderia caçar o demônio? Aqui Gola assumiu uma expressão astuta e sussurrou no meu ouvido: as pegadas eram de um homem que usava sapatos!

Mesmo supondo que Gola estivesse mentindo, senti um arrepio de horror inexplicável. Quem, então, os nativos acreditavam estar cometendo esses terríveis assassinatos?

E ele respondeu: Dom Vincente!

A essa altura, *messieurs*, minha mente estava em um turbilhão. Qual era o significado de tudo isso? Quem ensopou o

---

5 - *Corrupção da palavra inglês "master" — mestre ou senhor.*

alemão e tentou violentar Marcita? E enquanto revisava o crime, parecia-me que o assassinato, e não o estupro, era o objeto do ataque.

Por que de Montour nos avisou e depois pareceu ter conhecimento do crime, nos dizendo que Desmarte era inocente e depois provando isso?

Estava tudo além de mim.

A história da chacina se espalhou entre os nativos, apesar de tudo que pudemos fazer, eles pareciam inquietos e nervosos, e por três vezes naquele dia Dom Vincente levou uma chicotada de insolência. Uma atmosfera taciturna invadiu o castelo.

Pensei em ir a Dom Vincente com a história de Gola, mas resolvi esperar um pouco.

As mulheres ficavam em seus aposentos pois, de dia, os homens estavam inquietos e mal-humorados. Dom Vincente anunciou que as sentinelas seriam dobradas e algumas patrulhariam os corredores do próprio castelo. Eu me peguei pensando cinicamente que se as suspeitas de Gola fossem verdadeiras, sentinelas seriam de pouca utilidade.

Não sou, Messieurs, homem para tolerar tal situação com paciência. E eu era jovem então. Assim, enquanto bebíamos antes de nos retirarmos, joguei minha taça sobre a mesa e com raiva anunciei que, independente de homem, animal ou diabo, dormiria naquela noite com as portas escancaradas. E caminhei furiosamente para o meu quarto.

Novamente, como na primeira noite, de Montour veio. E seu rosto era como o de um homem que olhou para os portões escancarados do inferno.

"Eu vim," disse ele, "para pedir-lhe, não, Monsieur, para implorar-lhe que reconsidere sua determinação precipitada." Meneei minha cabeça impaciente.

"Você está decidido? Sim? Então peço que faça isso por mim, que depois que eu entrar em meu quarto, você trancará minhas portas do lado de fora."

Fiz o que ele pediu e depois voltei para o meu quarto, minha mente em um labirinto de ponderação. Mandei Gola para a senzala e coloquei espada e adaga à mão. Nem fui para a cama, mas agachei-me em uma grande cadeira, na escuridão. Então tive muito trabalho para não dormir. Para me manter acordado, comecei a meditar sobre as estranhas palavras ditas por de Montour. Ele parecia estar agindo sob grande excitação; seus olhos insinuavam mistérios medonhos conhecidos apenas por ele. E, no entanto, seu rosto não era o de um homem mau.

De repente, a ideia me levou a ir até seu quarto e conversar com ele.

Andar por aquelas passagens escuras era uma tarefa estremecedora, mas acabei parando diante da porta do quarto onde estava de Montour. Chamei baixinho. Silêncio. Estendi a mão e senti fragmentos de madeira lascados. Apressadamente, bati em pederneira e aço que carregava, e a mecha flamejante mostrou a grande porta de carvalho cedendo em suas poderosas dobradiças; mostrava uma porta quebrada e estilhaçada por dentro: e o quarto estava vazio.

Algum instinto me levou a correr de volta para o meu quarto, rápido, mas silenciosamente, pés descalços pisando suavemente. E quando me aproximei da porta, percebi algo na escuridão diante de mim. Algo que se esgueirou de um corredor lateral e deslizou furtivamente.

Em um pânico selvagem de medo, eu pulei, golpeando descontroladamente e sem rumo na escuridão. Todo meu punho cerrado encontrou uma cabeça humana, e algo caiu com um estrondo. Novamente acendi uma luz; um homem jazia inconsciente no chão, e ele era De Montour.

Enfiei uma vela em um nicho na parede, e nesse momento de Montour abriu os olhos e se levantou incerto.

"Você!" Exclamei, mal sabendo o que eu disse. "Você, de todos os homens!"

Ele apenas assentiu.

"Você matou von Schuller?"

"Sim."

Recuei com um suspiro de horror.

"Ouça." Ele levantou a mão. "Pegue sua rapieira e me atravesse. Nenhum homem vai tocar em você."

"Não," exclamei. "Não posso."

"Então, rápido," ele disse apressadamente, "entre em seu quarto e tranque a porta. Depressa! Ele vai voltar!"

"O que vai voltar?" Perguntei, com um arrepio de horror. "Se isso for me fazer mal, fará a você também. Venha para o quarto comigo."

"Não não!" Ele quase gritou, saltando para trás, para longe do meu braço estendido. "Apresse-se, apresse-se! Ele me deixou por um instante, mas vai voltar." Então, em voz baixa de horror indescritível: "Está voltando. Está aqui agora!"

E senti algo, uma presença disforme e insubstancial perto. Uma coisa assustadora.

De Montour estava de pé, pernas separadas, braços jogados para trás, punhos cerrados. Os músculos inchavam sob sua pele, seus olhos se arregalavam e estreitavam, as veias se destacavam em sua testa como se estivesse em grande esforço físico. Enquanto eu olhava para meu horror, do nada, algo sem forma e sem nome tomou uma aparência vaga! Como uma sombra, aquilo moveu-se sobre De Montour.

Estava pairando sobre ele! Meu Deus, estava se fundindo, tornando-se um com o homem!

De Montour cambaleou; um grande suspiro escapou dele. A coisa escura desapareceu. De Montour vacilou. Então ele se virou para mim, e que Deus conceda que eu nunca mais veja um rosto como aquele novamente!

Era um rosto horrível e bestial. Os olhos brilharam com uma ferocidade assustadora; os lábios rosnantes estavam recuados dos dentes reluzentes, que para meu olhar assustado pareciam mais presas bestiais do que dentes humanos.

Silenciosamente, a coisa (não posso chamá-la de humano) se esgueirou em minha direção. Ofegando de horror, saltei para trás e atravessei a porta, no momento em que a coisa se lançou no ar, com um movimento sinuoso que, mesmo então, me fez pensar em um lobo saltando. Bati a porta, segurando-a contra a coisa assustadora que se lançava repetidamente contra ela.

Finalmente ela desistiu e o ouvi deslizar furtivamente pelo corredor. Fraco e exausto, sentei-me, esperando, ouvindo. Pela janela aberta soprava a brisa, trazendo todos os aromas da África, picantes e fétidos. Da aldeia nativa veio o som de um tambor nativo. Outros tambores responderam rio acima e de volta ao mato. Então, de algum lugar na selva, horrivelmente incongruente, soou o chamado longo e agudo de um lobo madeira. Minha alma se revoltou.

A aurora trouxe uma história de aldeões aterrorizados, de uma mulher negra dilacerada por algum demônio da noite, escapando por pouco. E para de Montour eu fui:

No caminho encontrei Dom Vincente: ele estava perplexo e zangado.

"Alguma coisa infernal está trabalhando neste castelo," disse ele. "Ontem à noite, embora eu não tenha dito nada a ninguém, alguma coisa saltou sobre as costas de um dos arcabuzeiros, arrancou o colete de couro de seus ombros e o perseguiu até a barbacã. Mais, alguém trancou de Montour em seu quarto ontem à noite , e ele foi forçado a quebrar a porta para sair."

Ele continuou, murmurando para si mesmo, e eu desci as escadas, mais intrigado do que nunca.

De Montour estava sentado em um banquinho, olhando pela janela. Um ar indescritível de cansaço estava sobre ele.

Seu cabelo comprido estava despenteado e desgrenhado, suas roupas estavam esfarrapadas. Com um estremecimento, vi leves manchas vermelhas em suas mãos e notei que as unhas estavam fendidas e quebrados.

Ele olhou para cima quando entrei e acenou para que eu

me sentasse. Seu rosto estava desgastado e abatido, mas era o de um homem.

Depois de um momento de silêncio, ele falou.

"Vou lhe contar minha estranha história. Nunca antes ela passou por meus lábios, e por que lhe conto, sabendo que não vai acreditar em mim, eu não posso dizer."

E então escutei o que foi certamente o conto mais louco, mais fantástico, mais estranho já ouvido pelo homem.

"Anos atrás," disse de Montour, "eu estava em uma missão militar no norte da França. Sozinho, fui forçado a passar pelas florestas assombradas de Villefére. Naquelas florestas assustadoras, fui assediado por uma coisa desumana e medonha... um lobisomem. Sob a lua da meia-noite nós lutamos e eu o matei. Agora esta é a verdade: se um lobisomem é morto na forma de um homem, seu fantasma assombrará seu assassino por toda a eternidade. Mas se for morto como um lobo, o inferno se abre para recebê-lo. O verdadeiro lobisomem não é (como muitos pensam) um homem que pode assumir a forma de um lobo, *mas um lobo que assume a forma de um homem!*

"Agora ouça, meu amigo, e eu lhe contarei sobre a sabedoria, o conhecimento infernal que é meu, adquirido através de muitos atos assustadores, transmitidos a mim em meio às sombras medonhas das florestas da meia-noite, onde demônios e coisas semibestiais vagavam.

"No começo, o mundo era estranho, disforme. Bestas grotescas vagavam por suas selvas. Expulsos de outro mundo, demônios e diabos antigos vieram em grande número e se estabeleceram neste mundo mais novo e mais jovem. Por muito tempo, as forças do bem e do mal guerrearam.

"Um estranho animal, conhecido como homem, vagou entre os outros animais, e como o bem ou o mal deve ter uma forma concreta antes de realizar seu desejo, os espíritos do bem entraram no homem. Os demônios entraram em outros animais, répteis e pássaros; e por muito tempo travaram ferozmente a antiga batalha. Mas o homem venceu. Os grandes dragões e serpentes foram mortos e com eles os demônios. Finalmente, Salomão, sábio além do alcance do homem, fez grande guerra contra eles, e em virtude de sua sabedoria, matou, prendeu e os dominou. Mas havia alguns que eram os mais ferozes, os mais ousados, e embora Salomão os expulsasse, não conseguiu conquistá-los. Aqueles haviam assumido a forma de lobos. Com o passar das eras, lobo e demônio se fundiram. E o demônio não mais poderia deixar o corpo do lobo por sua vontade. Em muitos casos, a selvageria do lobo superava a sutileza do demônio e o escravizava, então o lobo tornava-se novamente apenas uma fera, uma fera feroz e astuta, mas apenas uma besta. Mas dos lobisomens, existem muitos, mesmo ainda hoje."

"E durante a época da lua cheia, o lobo pode assumir a forma, ou a meia forma de um homem. Quando a lua paira em seu zênite, no entanto, o espírito do lobo novamente assume ascendência e o lobisomem se torna um verdadeiro lobo, mais uma vez. Mas se for morto na forma de homem, então o espírito está livre para assombrar seu assassino através das eras."

"Ouça agora. Eu pensei ter matado a *coisa* depois que ela mudou para sua forma verdadeira. Mas eu a matei um instante muito cedo. A lua, embora se aproximasse do zênite, ainda não o havia alcançado, nem a *coisa* havia tomado totalmente para a forma de lobo."

"Disso eu não sabia nada e segui meu caminho. Mas quando se aproximou a hora perfeita para a lua cheia, comecei a perceber uma influência estranha e maliciosa. Uma atmosfera de horror pairava no ar e fiquei ciente de algo inexplicável, misteriosos impulsos.

"Uma noite em uma pequena aldeia no centro de uma grande floresta, a influência veio sobre mim com força total. Era noite, e a lua, quase cheia, estava nascendo sobre a floresta. E entre a lua e eu, eu vi, flutuando no ar superior, fantasmagórico e quase imperceptível, *o contorno da cabeça de um lobo!*

"Lembro-me pouco do que aconteceu depois. Lembro-me vagamente, de cambalear por uma rua silenciosa, lembro-me de lutar, resistindo brevemente, em vão, e o resto é um labirinto vermelho, até que voltei a mim na manhã seguinte e encontrei minhas roupas e mãos empastadas e manchadas de carmesim, e ouvi a tagarelice horrorizada dos aldeões, falando de um casal de amantes clandestinos, massacrados de maneira medonha, por pouco fora da aldeia, despedaçados como se por bestas selvagens, como se por lobos.

"Daquela aldeia fugi horrorizado, mas não fugi sozinho. Durante o dia não pude sentir o impulso de meu temível captor, mas quando a noite caía e a lua subia, percorria a floresta silenciosa, uma *coisa* assustadora, um matador dos humanos, um demônio no corpo de um homem.

"Deus, as batalhas que lutei! Mas sempre ele me superava e me levava vorazmente atrás de alguma nova vítima. Mas depois que a lua passava de sua plenitude, o poder da *coisa* sobre mim cessava de repente. E não voltava até três noites antes da lua estar cheia novamente.

"Desde então tenho perambulado pelo mundo — fugindo, procurando escapar. Mas sempre a *coisa* segue, tomando posse do meu corpo quando a lua está cheia. Deuses, os atos assustadores que cometi!

"Eu teria me matado há muito tempo, mas não ouso. Pois a alma de um suicida é amaldiçoada, e minha alma seria caçada para sempre pelas chamas do inferno. E ouça, o mais assustador de tudo, meu corpo morto vagaria para sempre pela terra, movido e habitado pela alma do lobisomem! Pode algum pensamento ser mais medonho?

"E pareço imune às armas do homem. Espadas me perfuraram, adagas me cortaram. Estou coberto de cicatrizes. Mas nunca me derrubaram. Na Alemanha, eles me amarraram e me levaram para o bloco do carrasco. Lá eu teria voluntariamente colocado minha cabeça, mas a *coisa* veio sobre mim, e quebrando minhas amarras, eu matei e fugi. Para cima e para baixo eu vaguei pelo mundo, deixando horror e matança em meu rastro. Correntes, celas, não podem me segurar. A *coisa* está ligada a mim por toda a eternidade.

"Desesperado, aceitei o convite de Dom Vincente, pois veja, ninguém sabe da minha assustadora vida dupla, pois ninguém poderia me reconhecer nas garras do demônio; e poucos, vendo-me, vivem para contar.

"Minhas mãos estão vermelhas, minha alma condenada a chamas eternas, minha mente está dilacerada pelo remorso por meus crimes. E ainda assim não posso fazer nada para me ajudar. Certamente, Pierre, nenhum homem jamais conheceu o inferno que eu conheci.

"Sim, eu matei von Schuller e procurei destruir a menina Marcita. Por que não fiz? Não posso dizer, pois matei homens e mulheres.

"Agora, se quiser, pegue sua espada e me mate, e com meu último suspiro lhe darei a bênção de Deus. Não?

"Agora, você conhece a minha história e vê diante de si um homem, assombrado por demônios por toda a eternidade."

Minha mente estava girando de espanto quando deixei de Montour em seu quarto. O que fazer, eu não sabia. Parecia provável que ele ainda matasse a todos nós, e ainda assim eu não conseguia contar tudo a Dom Vincente. Do fundo da minha alma eu sentia pena por Montour.

Assim, mantive minha paz e, nos dias que se seguiram, tive ocasião de procurá-lo e conversar com ele. Uma verdadeira amizade surgiu entre nós.

Nessa época, aquele diabo negro, Gola, começou a usar um ar de excitação reprimida, como se soubesse de algo que desejava desesperadamente contar, mas não queria ou não ousava.

Assim os dias se passaram em banquetes, bebendo e caçando, até que uma noite de Montour veio ao meu quarto e apontou silenciosamente para a lua que estava nascendo.

"Olhe," disse ele, "eu tenho um plano. Vou divulgar que vou para a selva para caçar e sairei, aparentemente por vários dias. Mas à noite voltarei ao castelo, e você deve me trancar na masmorra que é usada como depósito."

Fizemos isso, e consegui descer duas vezes por dia e levar comida e bebida para meu amigo. Ele insistiu em permanecer no calabouço mesmo durante o dia, pois embora o demônio nunca tivesse exercido sua influência sobre ele durante o dia, e o acreditasse impotente então, ele não se arriscaria.

Foi nessa época que comecei a notar que o primo carrancudo de Dom Vincente, Carlos, estava forçando suas atenções sobre Ysabel, que era sua prima em segundo grau, e que parecia ressentir-se dessas atenções.

Eu mesmo o teria desafiado para um duelo pelo lançamento de uma moeda, pois o desprezava, mas na verdade não era da minha conta. No entanto, parecia que Ysabel o temia.

O meu amigo Luigi, aliás, enamorou-se da delicada portuguesa, e todos os dias faziam amor rápido.

De Montour sentava-se em sua cela e revisava seus atos medonhos até bater nas barras com as próprias mãos.

Don Florenzo vagava pelos terrenos do castelo como um Mefistófeles austero.

Os outros convidados cavalgavam, discutiam e bebiam.

E Gola deslizava de um lado para o outro, olhando para mim, embora sempre a ponto de transmitir informações importantes. Quem poderia imaginar que meus nervos ficaram ásperos ao ponto de gritar?

A cada dia os nativos ficavam mais mal-humorados, mais e mais mal-humorados e intratáveis.

Uma noite, pouco antes da lua cheia, entrei na masmorra onde de Montour estava sentado.

Ele olhou para cima rapidamente.

"Você se atreve muito, vindo a mim no meio da noite."

Dei de ombros, me sentando.

Uma pequena janela gradeada deixava entrar os aromas e sons noturnos da África.

"Ouça os tambores nativos," eu disse. "Na semana passada, eles soavam quase incessantemente."

De Montour assentiu.

"Os nativos estão inquietos. Acho que é diabólico o que eles estão planejando. Você notou que Carlos está muito entre eles?"

"Não," respondi, "mas é como se houvesse uma ruptura entre ele e Luigi. Luigi está cortejando Ysabel."

Assim conversamos, quando de repente de Montour ficou calado e mal-humorado, respondendo apenas em monossílabos.

A lua subiu e espiou pelas janelas gradeadas. De Montour teve o rosto iluminado por seus raios.

E então a mão do horror me agarrou. Na parede atrás de Montour apareceu uma sombra, uma sombra claramente definida da *cabeça de um lobo!*

No mesmo instante, de Montour sentiu sua influência. Com um grito, ele saltou de seu banco.

Ele apontou ferozmente, e com as mãos trêmulas eu bati e tranquei a porta atrás de mim, eu o senti lançar seu peso contra ela. Enquanto eu fugia escada acima, ouvi uma batida selvagem e delirante na porta de ferro. Mas mesmo com toda a força do lobisomem a grande porta resistiu.

Quando entrei no meu quarto, Gola entrou correndo e engasgou com a história que vinha guardando há dias.

Eu escutei, incrédulo, e então corri para encontrar Dom Vincente.

Disseram-me que Carlos lhe pedira para acompanhá-lo à aldeia para organizar a venda de escravos.

Meu informante foi Don Florenzo de Seville, e quando lhe dei um breve resumo da história de Gola; ele me acompanhou.

Juntos, atravessamos o portão do castelo, lançando uma palavra aos guardas, e descemos o patamar em direção à aldeia.

Dom Vincente, Dom Vincente, ande com cuidado, mantenha a espada solta na bainha! Tolo, tolo, andar à noite com Carlos, o traidor!

Eles estavam se aproximando da aldeia quando os alcançamos. "Dom Vincente!" Exclamei. "Volte imediatamente para o castelo. Carlos está lhe vendendo às mãos dos nativos! Gola me disse que ele deseja sua riqueza e Ysabel! Um nativo aterrorizado balbuciou para ele sobre pegadas de botas perto dos lugares onde os lenhadores foram assassinados, e Carlos fez os negros acreditarem que o assassino era você! Esta noite os nativos se levantariam e matariam todos os homens do castelo, exceto Carlos! Não acredita em mim, Dom Vincente?

"Isso é verdade, Carlos?" Perguntou Dom Vincente, espantado.

Carlos riu zombeteiro.

"O tolo fala a verdade," disse ele, "mas isso não adianta nada. Ho!"

Ele gritou enquanto saltava para Dom Vincente. O aço brilhou ao luar e a espada do espanhol atravessou Carlos antes que ele pudesse se mover.

E as sombras se ergueram sobre nós. Então foi costas a costas, espada e adaga, três homens contra cem. Lanças brilharam, e um grito diabólico saiu de gargantas selvagens. Atravessei três nativos em igual número de golpes e depois despenquei com um golpe estonteante de um porrete de guerra, e um instante depois Dom Vincente caiu em cima de mim, com uma lança em um braço e outra na perna. Don Florenzo estava parado acima de nós, espada saltando como uma coisa viva, quando uma carga de arcabuzeiros varreu a margem do rio e fomos levados para o castelo.

As hordas negras vieram com uma investida, lanças brilhando como uma onda de aço, um rugido estrondoso de selvageria subindo aos céus.

Repetidamente eles varreram as encostas, bordejando o

fosso, até que estavam fervilhando sobre as paliçadas. E repetidas vezes o fogo dos cem defensores os arremessou de volta.

Eles haviam incendiado os armazéns saqueados, e sua luz competia com a luz da lua. Do outro lado do rio havia um armazém maior, e ao redor dele se reuniram hordas de nativos, destruindo-o para saquear.

"Gostaria que eles jogassem uma tocha sobre ele," disse Dom Vincente, "porque nada está armazenado lá, exceto alguns milhares de libras de pólvora. Eu não ousaria armazenar as coisas traiçoeiras deste lado do rio. Todas as tribos do rio e da costa se reuniram para nossa matança e todos os meus navios estão nos mares. Podemos resistir por algum tempo, mas eventualmente eles invadirão a paliçada e nos matarão."

Apressei-me para a masmorra onde estava de Montour. Do lado de fora da porta eu o chamei e ele me mandou entrar com uma voz que me dizia que o demônio o havia deixado por um instante.

"Os negros se rebelaram," eu disse a ele.

"Foi o que pensei. Como vai a batalha?"

Dei a ele os detalhes da traição e da briga, e mencionei a casa de pólvora do outro lado do rio. Ele se pôs de pé.

"Agora, pela minha alma assombrada!" Ele exclamou. "Vou jogar os dados mais uma vez com o inferno! Rápido, deixe-me sair do castelo! Vou tentar nadar pelo rio e detonar a pólvora!"

"É uma loucura!" Exclamei. "Mil negros espreitam entre as paliçadas e o rio, e três vezes esse número além! O próprio rio está cheio de crocodilos!"

"Vou tentar!" Ele respondeu, uma grande luz em seu rosto. "Se eu puder alcançá-lo, alguns milhares de nativos aliviarão o cerco; se eu for morto, minha alma estará livre e talvez ganhe algum perdão por ter dado minha vida para expiar meus crimes."

Então, "Apresse-se," exclamou ele, "pois o demônio está voltando! Já sinto sua influência! Apresse-se!"

Nós corremos para os portões do castelo, e enquanto de

Montour corria, engasgou como um homem em uma batalha terrível.

No portão ele se jogou de cabeça, depois se levantou, para saltar através dele. Gritos selvagens dos nativos o saudaram.

Os arcabuzeiros gritaram maldições para ele e para mim. Olhando para baixo do alto das paliçadas, vi-o virar de um lado para o outro, incerto. Uma vintena de nativos avançava imprudentemente, lanças levantadas.

Então o lúgubre grito de lobo subiu aos céus, e de Montour saltou para a frente. Horrorizados, os nativos pararam e, antes que um deles pudesse se mexer, ele estava entre eles. Gritos selvagens, não de raiva, mas de terror.

Espantados, os arcabuzeiros seguraram o fogo.

Diretamente através do grupo de negros de Montour atacou, e quando eles fugiram, três deles não permaneceram.

De Montour deu uma dúzia de passos em perseguição; então estancou. Por um momento ele ficou parado enquanto lanças voavam ao seu redor, então se virou e correu rapidamente na direção do rio.

A poucos passos do rio, outro bando de negros barrava seu caminho. À luz faminta das casas em chamas, a cena era claramente iluminada. Uma lança arremessada atingiu de Montour no ombro. Sem parar seu avanço, ele a arrancou e a empurrou através de um nativo, saltando sobre seu corpo para ficar entre os outros. Eles não podiam enfrentar o homem branco guiado pelo demônio. Com gritos, eles fugiram, e de Montour, pulando nas costas de um, derrubou-o.

Então se levantou, cambaleou e saltou para a margem do rio. Por um instante ele parou ali e então desapareceu nas sombras.

"Em nome do diabo!" Ofegou Dom Vincente ao meu ombro. "Que tipo de homem é esse? Era de Montour?"

Afirmei com a cabeça. Os gritos selvagens dos nativos elevavam-se acima do crepitar do fogo do arcabuz. Estavam amontoados em torno do grande armazém do outro lado do rio.

"Eles planejam um grande alvoroço," disse Dom Vincente. "Vão enxamear sobre a paliçada, eu acho. Ha!"

Uma explosão que parecia rasgar os céus! Uma explosão de chamas que subiu para as estrelas! O castelo balançou com a explosão. Então veio o silêncio, enquanto a fumaça, se afastando, mostrava apenas uma grande cratera onde o armazém tinha estado.

Eu poderia contar como Dom Vincente liderou um ataque, aleijado como estava, para fora do portão do castelo e, descendo a encosta, para cair sobre os negros aterrorizados que haviam escapado da explosão. Eu poderia falar da matança, da vitória e da perseguição dos nativos em fuga.

Eu poderia contar, também, *messieurs*, de como me separei do bando e de como perambulei pela selva, incapaz de encontrar o caminho de volta para a costa.

Eu poderia dizer como fui capturado por um bando errante de saqueadores de escravos e como escapei. Mas essa não é minha intenção. Em si, seria uma longa história; e é sobre de Montour quc cstou falando.

Pensei muito nas coisas que haviam acontecido e me perguntei se de fato de Montour chegou ao armazém para explodi-lo ou se foi apenas um ato do acaso.

Que um homem pudesse nadar naquele rio repleto de répteis, apesar de ser guiado por demônios, parecia impossível. E se ele explodiu o armazém, ele deveria ter ido junto.

Então, uma noite, abri caminho cansado pela selva e avistei a costa, e perto da costa uma pequena cabana de palha caindo aos pedaços. A ela fui, pensando em dormir ali se os insetos e os répteis permitissem.

Entrei pela porta e então parei. Sobre um banquinho improvisado estava sentado um homem. Ele olhou para cima quando entrei e os raios da lua caíram em seu rosto.

Comecei a recuar com um arrepio medonho de horror. Era de Montour, e a lua estava cheia!

Então, enquanto eu estava lá, parado, incapaz de fugir, ele se levantou e veio em minha direção. E seu rosto, embora abatido como o de um homem que olhou para o inferno, era o rosto de um homem são.

"Entre, meu amigo," disse ele, e havia uma grande paz em sua voz. "Entre e não tenha medo de mim. O demônio me deixou para sempre."

"Pois, diga-me, como você o derrotou?" Exclamei enquanto segurava sua mão.

"Travei uma batalha terrível, enquanto corria para o rio," respondeu ele, "pois o demônio me agarrou e me levou a cair sobre os nativos. Mas pela primeira vez minha alma e minha mente ganharam ascendência por um instante, um instante apenas longo o suficiente para me manter em meu propósito. E acredito que os bons santos vieram em meu auxílio, pois eu estava dando minha vida para salvar vidas.

"Pulei no rio e nadei, e em um instante os crocodilos estavam fervilhando ao meu redor.

"De novo nas garras do demônio eu lutei com eles, lá no rio. Então, de repente, a coisa me deixou.

"Eu saí do rio e explodi o armazém."

"A explosão me arremessou centenas de metros, e por dias vaguei desmiolado pela selva."

"Mas a lua cheia veio, e veio novamente, e eu não senti a influência do demônio.

"Estou livre, livre!" E uma nota maravilhosa de exultação, ou melhor, exaltação, emocionou suas palavras:

"Minha alma está livre. Por incrível que pareça, o demônio jaz afogado no leito do rio, ou então habita o corpo de um dos répteis selvagens que nadam nos caminhos do Níger."[6]

---

6 - *O principal rio da África Ocidental.*

A RAÇA PERDIDA

Um romance bizarro sobre os pictos habitantes de cavernas, um povo meio mítico que habitou a Britânia antes dos gaélicos.
*— **Weird Tales***
Janeiro de 1927

Capa da **Weird Tales** *volume 9 nº 1 de janeiro de 1927*
com a primeira publicação de **A Raça Perdida** *(The Lost Race).*
Ilustração da capa por **C. Barker Petrie, Jr.**

A Raça Perdida

Cororuc olhou em volta e apressou o passo. Ele não era covarde, mas não gostava do lugar. Árvores altas se erguiam por toda parte, seus galhos sombrios bloqueando a luz do sol. A trilha escura levava para dentro e para fora entre eles, às vezes contornando a beira de uma ravina, onde Cororuc podia contemplar as copas das árvores abaixo. Ocasionalmente, através de uma fenda na floresta, ele podia ver as colinas ameaçadoras que sugeriam as cordilheiras muito mais a oeste, que eram as montanhas da Cornualha.

Naquelas montanhas, o chefe dos bandidos, Buruc, o Cruel, deveria estar à espreita, para cair sobre as vítimas que pudessem passar por ali. Cororuc mudou o aperto de sua lança e acelerou o passo. Sua pressa devia-se não só à ameaça dos bandidos, mas também ao fato de desejar mais uma vez estar em sua terra natal. Ele estivera em uma missão secreta para os selvagens da tribo da Cornualha; e embora tivesse obtido mais ou menos sucesso, estava impaciente por estar fora de sua terra inóspita. Tinha sido uma viagem longa e cansativa, e ele ainda tinha quase toda a Britânia para atravessar. Lançou um olhar de aversão ao redor. Ele ansiava pelos bosques agradáveis, com veados correndo e pássaros cantando, aos quais estava acostumado. Ansiava pelo alto penhasco branco, onde o mar azul batia alegremente. A floresta por onde passava parecia desabitada. Não havia pássaros, nem animais; nem tinha visto um sinal de habitação humana.

Seus camaradas ainda permaneciam na corte selvagem do rei da Cornualha, desfrutando de sua rude hospitalidade, sem pressa de ir embora. Mas Cororuc não estava contente. Assim, ele os deixou seguir à vontade e partiu sozinho.

Uma bela figura de homem era Cororuc. Com cerca de um metro e oitenta de altura, forte, embora esguio, ele era, com olhos cinzentos, um puro bretão, mas não um puro celta, seus longos cabelos louros revelando, nele como em toda a sua raça, um traço de belga.

Ele estava vestido com pele de veado habilmente costurada, pois os celtas ainda não haviam aperfeiçoado o tecido grosseiro que faziam, e a maioria da raça preferia as peles de veado.

Estava armado com um longo arco de madeira de teixo, feito sem nenhuma habilidade especial, mas uma arma eficiente; uma longa espada de bronze, com bainha de pele de gamo; uma longa adaga de bronze e um pequeno escudo redondo, com uma faixa de bronze na borda e coberto com uma dura pele de búfalo. Um tosco elmo de bronze estava em sua cabeça. Padrões tênues estavam pintados em tom pastel em seus braços e bochechas.

Seu rosto imberbe era do mais alto tipo de bretão, claro, reto, a determinação perspicaz e prática do nórdico misturando-se com a coragem imprudente e a arte sonhadora do celta.

Então Cororuc percorreu o caminho da floresta, cautelosamente, pronto para fugir ou lutar, mas preferindo não fazer nada naquele momento.

A trilha se afastava da ravina, desaparecendo ao redor de

uma grande árvore. E do outro lado da árvore, Cororuc ouviu sons de conflito. Deslizando cautelosamente à frente, e imaginando se veria alguns dos elfos e anões que tinham fama de assombrar aqueles bosques, ele espiou ao redor da grande árvore.

A poucos metros de si, ele viu uma estranha cena. Encostado em outra árvore estava um grande lobo, acuado, o sangue escorrendo dos cortes em seu ombro; enquanto diante dele, agachado para um salto, o guerreiro viu uma grande pantera. Cororuc se perguntou a causa da batalha. Nem sempre os senhores da floresta se encontravam em guerra. E ficou intrigado com os rosnados do grande felino. Eram selvagens, sedentos de sangue, mas tinham uma estranha nota de medo; e a fera parecia hesitante em saltar.

Exatamente por que Cororuc escolheu tomar a parte do lobo, ele mesmo não saberia dizer. Sem dúvida era apenas o cavalheirismo imprudente do celta nele, uma admiração pela atitude destemida do lobo contra seu inimigo muito mais poderoso. Seja como for, Cororuc, caracteristicamente esquecendo seu arco e tomando o rumo mais imprudente, desembainhou sua espada e saltou na frente da pantera. Mas não teve chance de usá-la. A pantera, cujos nervos pareciam já estar um pouco abalados, soltou um grito assustado e desapareceu entre as árvores tão rapidamente que Cororuc se perguntou se ele realmente tinha visto uma pantera. Ele se virou para o lobo, imaginando se ele pularia em cima dele. Ele o estava olhando, meio agachado; lentamente afastou-se da árvore e, ainda a observá-lo, recuou alguns metros, depois virou-se e partiu com um estranho andar cambaleante. Enquanto o guerreiro o observava desaparecer na floresta, um sentimento estranho o invadiu; ele tinha visto muitos lobos, ele os tinha caçado e tinha sido caçado por eles, mas nunca tinha visto um lobo assim antes.

Ele hesitou e então caminhou cautelosamente atrás do lobo, seguindo as pegadas que estavam claramente definidas na argila macia. Ele não se apressou, contentando-se apenas em seguir os rastros. Depois de uma curta distância, parou de repente, os cabelos em seu pescoço parecendo eriçar. Apenas os rastros das patas traseiras apareciam: o lobo caminhava ereto.

Ele olhou ao redor. Não havia som; a floresta estava silenciosa. Ele sentiu um impulso de se virar e colocar tanto território entre ele e o mistério quanto possível, mas sua curiosidade celta não permitiu. Ele seguiu a trilha. E então cessou completamente. Sob uma grande árvore, os rastros desapareciam. Cororuc sentiu o suor frio na testa. Que tipo de lugar era aquela floresta? Ele estava sendo enganado e iludido por algum monstro desumano e sobrenatural das florestas, que procurava capturá-lo? Cororuc recuou, sua espada erguida, sua coragem não permitindo que ele corresse, mas desejando muito fazê-lo. E assim ele voltou para a árvore onde tinha visto o lobo pela primeira vez. A trilha que ele havia seguido afastava-se dela em outra direção e Cororuc seguiu por ela, quase correndo na pressa de sair da vizinhança de um lobo que andava sobre duas pernas e depois sumiu no ar.

A trilha serpenteava mais tediosa do que nunca, aparecendo e desaparecendo a uns três metros, mas foi bom para Cororuc que assim fosse, pois assim ele ouviu as vozes dos homens subindo a trilha antes que eles o vissem. Ele se dirigiu a uma árvore alta que se ramificava sobre a trilha, perto do grande tronco, ao longo de um galho largo.

Três homens estavam descendo a vereda da floresta.

Um era um sujeito grande e corpulento, com muito mais de um metro e oitenta de altura, com uma longa barba ruiva e um grande tufo de cabelo ruivo. Em contraste, seus olhos eram de um preto redondo. Ele estava vestido com peles de veado e armado com uma grande espada.

Dos outros dois, um era um patife esguio e de aparência vil, com apenas um olho, e o outro era um homem pequeno e enrugado, que esquadrinhava horrivelmente com os dois olhos redondos.

Cororuc os conhecia, pelas descrições que os homens da

Cornualha haviam feito entre xingamentos, e foi em sua excitação por ter uma visão melhor do assassino mais vil da Britânia que ele escorregou do galho da árvore e caiu no chão diretamente entre eles.

Ele ficou de pé no mesmo instante, sua espada em punho. Não podia esperar misericórdia; pois sabia que o homem ruivo era Buruc, o Cruel, o flagelo da Cornualha.

O chefe dos bandidos berrou uma praga e sacou sua grande espada. Ele evitou a investida furiosa do bretão com um rápido salto para trás e então a batalha começou. Buruc avançou contra o guerreiro pela frente, esforçando-se para derrubá-lo por puro peso; enquanto o vilão esquelético e caolho se esgueirava, tentando ficar atrás dele. O homem menor havia recuado para a beira da floresta. A bela arte da luta com espada era desconhecida para aqueles primeiros espadachins. Para eles era cortar, talhar, esfaquear, todo o peso do braço por trás de cada investida. Os golpes terríveis batendo em seu escudo derrubaram Cororuc no chão, e o vilão esquelético e caolho correu para acabar com ele. Cororuc girou sem se levantar, cortou as pernas do bandido por baixo e o esfaqueou quando ele caiu, depois se jogou para o lado e ficou de pé, a tempo de evitar a espada de Buruc. Mais uma vez, erguendo seu escudo para pegar a espada do bandido no ar, ele a desviou e girou a sua com toda a sua força. A cabeça de Buruc voou de seus ombros.

Então Cororuc, virando-se, viu o bandido enrugado correr para dentro da floresta. Ele correu atrás, mas o sujeito havia desaparecido entre as árvores. Sabendo da inutilidade de tentar persegui-lo, Cororuc se virou e correu pela trilha. Ele não sabia se havia mais bandidos naquela direção, mas sabia que se esperava sair da floresta, teria que fazê-lo rapidamente. Sem dúvida, o vilão que havia escapado traria todos os outros bandidos para fora, e logo eles estariam batendo nas matas lhe procurando.

Depois de correr um pouco pelo caminho e não ver nenhum sinal de inimigo, ele parou e subiu nos galhos mais altos de uma grande árvore que se elevava acima de suas companheiras.

Por todos os lados ele parecia cercado por um oceano frondoso. A oeste, podia ver as colinas que evitara. Ao norte, ao longe, outras colinas se erguiam; ao sul corria a floresta, um mar ininterrupto. Mas a leste, distante, ele mal podia ver a linha que marcava o desbaste da floresta para as planícies férteis. A quilômetros e quilômetros de distância, não sabia quantos, mas significava viagens mais agradáveis, aldeias de homens, pessoas de sua própria raça. Ele ficou surpreso por ser capaz de ver tão longe, mas a árvore em que estava era um gigante desse tipo.

Antes de começar a descer, olhou ao redor mais perto. Ele podia traçar a linha levemente marcada da trilha que estava seguindo, fugindo para o leste; e podia distinguir outras trilhas que conduziam a ela ou se afastavam dela. Então um brilho chamou sua atenção. Ele fixou seu olhar em uma clareira a alguma distância da trilha e viu, logo, um grupo de homens entrar e desaparecer. Aqui e ali, em cada trilha, ele vislumbrava o brilho dos apetrechos, o ondular da folhagem. Então o vilão vesgo já havia despertado os bandidos. Eles estavam ao seu redor; ele estava virtualmente cercado.

Uma explosão fraca de gritos selvagens, de trás da trilha, o assustou. Então, eles já haviam lançado um cordão de isolamento ao redor do local da luta e descobriram que ele havia desaparecido. Se ele não tivesse fugido rapidamente, teria sido pego. Ele estava fora do cordão, mas os bandidos o cercavam. Rapidamente ele deslizou da árvore e se arrastou para a floresta.

Então começou a caçada mais emocionante que Cororuc já havia participado; pois ele era o caçado e os homens eram os caçadores. Deslizando e escorregando de arbusto em arbusto e de árvore em árvore, ora correndo velozmente, ora agachado em um esconderijo, Cororuc fugiu, sempre para o leste, sem ousar voltar atrás para não ser empurrado para mais longe na floresta. Às vezes era forçado a mudar de rumo; na verdade, ele raramente fugia em linha reta, mas sempre conseguia se esforçar para ir mais para o leste.

Às vezes, ele se agachava nos arbustos ou se deitava em algum galho frondoso e via bandidos passarem tão perto dele que poderia tocá-los. Uma ou duas vezes eles o avistaram e ele fugiu, saltando sobre troncos e arbustos, entrando e saindo entre as árvores; e sempre ele os iludiu.

Foi em um desses voos precipitados que ele notou que havia entrado em um desfiladeiro de pequenas colinas, das quais não tinha conhecimento, e olhando para trás, viu que seus perseguidores haviam parado, bem à vista. Sem parar para ruminar sobre uma coisa tão estranha, ele disparou em torno de uma grande pedra, sentiu uma videira ou algo pegar seu pé e foi jogado de cabeça. Simultaneamente, algo atingiu a cabeça do jovem, deixando-o inconsciente.

Quando Cororuc recuperou os sentidos, descobriu que estava amarrado, mãos e pés. Ele estava sendo carregado, em terreno acidentado. Olhou em volta. Homens o carregavam nos ombros, mas homens como ele nunca tinha visto antes. Raros acima de um metro e meio eram os mais altos, e eles eram pequenos de constituição e muito escuros de compleição. Seus olhos eram negros; e a maioria deles era curvada à frente, como se de uma vida inteira passada agachada e escondida; espiando furtivamente por todos os lados. Eles estavam armados com pequenos arcos, flechas, lanças e punhais, todos pontiagudos, não com bronze toscamente trabalhado, mas com sílex e obsidiana, do mais fino acabamento. Eles estavam vestidos com peles finamente trabalhadas de coelhos e outros pequenos animais, e uma espécie de tecido grosseiro; e muitos eram tatuados da cabeça aos pés em ocre e pastel. Havia talvez vinte ao todo. Que tipo de homens eles eram? Cororuc nunca tinha visto algo assim.

Eles desciam por uma ravina, de ambos os lados da qual se erguiam penhascos escarpados. Logo pareciam chegar a uma parede em branco, onde a ravina parecia parar abruptamente. Aqui, a uma palavra de alguém que parecia estar no comando, eles colocaram o bretão no chão e, agarrando uma grande pedra, puxaram-na para o lado. Uma pequena caverna foi exposta, parecendo desaparecer na terra; então os estranhos homens pegaram o bretão e avançaram.

O cabelo de Cororuc se arrepiou com o pensamento de ser carregado para aquela caverna de aparência ameaçadora. Que tipo de homens eles eram? Em toda a Britânia e na Alba,[7] na Cornualha ou na Irlanda, Cororuc nunca tinha visto homens assim. Pequenos homens anões, que habitavam na terra. Suor frio brotou na testa do jovem. Certamente eles eram os anões malévolos de quem o povo da Cornualha havia falado, que moravam em suas cavernas durante o dia e à noite saíam para roubar e queimar habitações, até matando se surgisse a oportunidade! Você vai ouvir falar deles, ainda hoje, se viajar pela Cornualha.

Os homens, ou elfos, se fossem, o levaram para dentro da caverna, outros entraram e puxaram a pedra de volta ao lugar. Por um momento tudo ficou escuro, e então as tochas começaram a brilhar, afastando-se. E com um grito eles seguiram em frente. Outros homens das cavernas avançaram, com as tochas.

Cororuc olhou em volta. As tochas lançavam um brilho

---

7 - *Alba é o nome gaélico escocês da Escócia. É também, na historiografia da língua inglesa, usado para se referir à política de pictos e escoceses unidos no século IX como o Reino de Alba, até se transformar no Reino da Escócia no final da Idade Média após a absorção de Strathclyde e Lothian de língua inglesa no século XII. É cognato com o termo irlandês Alba e o termo manx Nalbin, as duas outras línguas celtas insulares goidélicas, bem como palavras contemporâneas usadas em córnico (Alban) e galês (Yr Alban), ambas das quais são línguas celtas insulares britônicas. A terceira língua britônica sobrevivente, o bretão, usa Bro-Skos, que significa "país dos escoceses". No passado, esses termos eram nomes para a Grã-Bretanha como um todo, relacionados ao nome Brythonic Albion. O termo aparece pela primeira vez em textos clássicos, escritos em grego por Ptolomeu, como Ἀλβίων ou Ἀλουΐων (Alouíōn), e mais tarde como Albion em documentos latinos. Historicamente, o termo refere-se à Grã-Bretanha como um todo e, em última análise, é baseado na raiz indo-europeia para "branco". Mais tarde, passou a ser usado pelos falantes de gaélico na forma de Alba, como o nome dado ao antigo reino dos pictos que quando usado pela primeira vez nesse sentido (na época do rei Causantín mac Áeda (Constantino II, 943-952)).*

vago sobre a cena. Às vezes uma, às vezes outra parede da caverna aparecia por um instante, e o bretão estava vagamente ciente de que estavam cobertas de pinturas, feitas de forma grosseira, mas com uma certa habilidade que sua própria raça não poderia igualar. Mas sempre o telhado permanecia invisível. Cororuc sabia que a caverna aparentemente pequena havia se fundido em uma caverna de tamanho surpreendente. Através da luz vaga das tochas as estranhas pessoas se moviam, vinham e iam, silenciosamente, como sombras do passado obscuro.

Ele sentiu as cordas das correias que prendiam seus pés se soltarem. E foi erguido.

"Ande em frente," disse uma voz, falando a língua de sua própria raça, e ele sentiu uma ponta de lança tocar sua nuca.

E seguiu em frente, sentindo suas sandálias rasparem no chão de pedra da caverna, até chegarem a um lugar onde o chão se inclinava para cima. O declive era íngreme e a pedra tão escorregadia que Cororuc não conseguiria escalá-la sozinho. Mas seus captores o empurraram e o puxaram, e ele viu que vinhas longas e fortes estavam penduradas em algum lugar no topo.

Os estranhos agarraram aquilo e, apoiando os pés contra a subida escorregadia, subiram rapidamente. Quando seus pés encontraram a superfície plana novamente, a caverna fez uma curva, e Cororuc caiu em uma cena iluminada pelo fogo que o fez ofegar.

A caverna desembocava em outra caverna tão vasta que era quase incrível. As paredes poderosas se erguiam em um grande telhado arqueado que desaparecia na escuridão. Havia um piso plano no meio, e através dele corria um rio; um rio subterrâneo. De sob uma parede fluía para desaparecer silenciosamente sob a outra. Uma ponte de pedra em arco, aparentemente de construção natural, atravessava a corrente.

Ao redor das paredes da grande caverna, que era aproximadamente circular, havia cavernas menores, e antes de cada uma delas brilhava um fogo. Mais acima, havia outras cavernas, dispostas regularmente, camada sobre camada. Certamente os homens humanos não poderiam ter construído tal cidade.

Dentro e fora das cavernas, no piso plano da caverna principal, as pessoas estavam fazendo o que pareciam tarefas diárias. Homens conversavam e consertavam armas, alguns pescavam no rio; mulheres reacendiam fogueiras, preparavam roupas; e no total poderia ter sido qualquer outra aldeia na Britânia, a julgar por suas ocupações. Mas tudo parecia extremamente irreal para Cororuc; o lugar estranho, as pessoas pequenas e silenciosas, cumprindo suas tarefas, o rio fluindo silenciosamente por tudo aquilo.

Então eles ficaram sabendo do prisioneiro e se reuniram em torno dele. Não houve nenhum dos gritos, insultos e indignidades, como os selvagens costumam amontoar sobre seus cativos, enquanto os homenzinhos se aproximavam de Cororuc, olhando-o silenciosamente com olhares malévolos e lupinos. O guerreiro estremeceu, apesar de si mesmo.

Mas seus captores empurraram a multidão, levando o bretão à frente deles. Perto da margem do rio, eles pararam e se afastaram dele.

Duas grandes fogueiras saltaram e tremeluziram à sua frente e havia algo entre elas. Ele focou seu olhar e logo distinguiu o objeto. Um alto assento de pedra, como um trono; e nela estava sentado um homem idoso, de longa barba branca, silencioso, imóvel, mas com olhos negros que brilhavam como os de um lobo.

O velho estava usando algum tipo de vestimenta única e esvoaçante. Uma mão em forma de garra repousava no assento perto dele, dedos magros e tortos, com garras como as de um falcão. A outra mão estava escondida entre suas vestes.

A luz do fogo dançava e tremeluzia; então o velho se destacou claramente, seu nariz adunco em forma de bico e sua longa barba destacada em alto relevo; então pareceu recuar até ficar invisível ao olhar do bretão, exceto pelos olhos brilhantes.

"Fala, bretão!" As palavras vieram de repente, fortes, claras, sem nenhum indício de idade. "Fala, o que diria?"

Cororuc, surpreso, gaguejou e disse: "Por quê? Por quê? — que tipo de gente vocês são? Por que me fizeram prisioneiro? Vocês são elfos?"

"Somos pictos," foi a resposta severa.

"Pictos!" Cororuc ouvira histórias desse povo mais antigo que os bretões gaélicos; alguns diziam que ainda espreitavam nas colinas da Silúria, mas...

"Lutei contra os pictos na Caledônia," protestou o britão; "eles são baixos, mas maciços e disformes; nada parecidos com vocês!"

"Eles não são verdadeiros pictos," veio a resposta severa. "Olhe ao seu redor, bretão," disse com um aceno de braço, "você vê os restos de uma raça em extinção; uma raça que uma vez governou a Britânia de mar a mar."

O bretão ficou olhando, perplexo.

"Ouça, bretão," a voz continuou; "Ouça, bárbaro, enquanto eu lhe conto a história da raça perdida."

A luz do fogo cintilou e dançou, lançando reflexos vagos nas paredes altas e na corrente impetuosa e silenciosa.

A voz do ancião ecoou pela poderosa caverna.

"Nosso povo veio do sul. Sobre as ilhas, sobre o Mar Interior. Sobre as montanhas cobertas de neve, onde alguns permaneceram, para matar quaisquer inimigos que pudessem seguir. Descemos para as planícies férteis. Por toda a terra nos espalhamos. Nós nos tornamos ricos e prósperos. Então dois reis surgiram na terra, e aquele que conquistou, expulsou os conquistados. Tantos de nós fizemos barcos e velejamos para os penhascos distantes que brilhavam brancos à luz do sol. Encontramos uma terra bela com planícies férteis. Encontramos uma raça de bárbaros ruivos, que viviam em cavernas. Gigantes poderosos, de grandes corpos e mentes pequenas.

"Construímos nossas cabanas de vime. Cultivamos o solo. Limpamos a floresta. Empurramos os gigantes ruivos de volta para a floresta. Mais adiante os expulsamos até que finalmente fugiram para as montanhas do oeste e as montanhas no norte, éramos ricos, prósperos.

"Então," e sua voz tremeu de raiva e ódio, até que pareceu reverberar pela caverna, "então os celtas vieram. Das ilhas do oeste, em seus rudes *coracles*[8] eles vieram. No oeste eles desembarcaram, mas não estavam satisfeitos com o oeste. Eles marcharam para o leste e tomaram as planícies férteis. Nós lutamos. Eles eram mais fortes. Eles eram lutadores ferozes e estavam armados com armas de bronze, enquanto nós tínhamos apenas armas de sílex.

"Fomos expulsos. Eles nos escravizaram. Nos levaram para a floresta. Alguns de nós fugiram para as montanhas do oeste. Muitos fugiram para as montanhas do norte. Lá, se misturaram com os gigantes ruivos que expulsamos para lá há muito tempo, e se tornaram uma raça de anões monstruosos, perdendo todas as artes da paz e ganhando apenas a habilidade de lutar.

"Mas alguns de nós juramos que nunca deixaríamos a terra pela qual havíamos lutado. Mas os celtas nos pressionaram. Havia muitos, e mais vieram. Então fomos para cavernas, para ravinas, para grutas. Nós, que sempre moramos em cabanas que deixavam entrar muita luz, que sempre lavramos o solo, aprendemos a habitar como bestas, em cavernas onde nunca entrava a luz do sol. Cavernas que encontramos, das quais esta é a maior, cavernas que fizemos.

"Você, bretão," a voz tornou-se um grito e um longo braço

---

8 - *Um coracle é um barco pequeno, arredondado e leve, do tipo tradicionalmente usado no País de Gales, e também em partes da Região Oeste e na Irlanda, particularmente no rio Boyne, e na Escócia, particularmente no rio Spey. A palavra também é usada para barcos semelhantes encontrados na Índia, Vietnã, Iraque e Tibete. A palavra "coracle" é uma ortografia inglesa do original galês "cwrwgl", cognato com "currach" gaélico irlandês e escocês, e é registrada em texto em inglês já no século XVI. Outras grafias inglesas históricas incluem "corougle", "corracle", "curricle" e "coricle".*

foi estendido em acusação, "você e sua raça! Vocês fizeram de uma nação livre e próspera, uma raça de ratos da terra! Nós que nunca fugimos, que moramos ao ar livre e à luz do sol, perto do mar onde os comerciantes vinham, tivemos que fugir como animais caçados e cavar como toupeiras! Mas à noite! Ah, então, para nossa vingança! Então escorregamos de nossos esconderijos, ravinas e cavernas, com tochas e punhal! Veja, bretão!"

E seguindo o gesto, Cororuc viu um poste arredondado de uma espécie de madeira muito dura, colocado em um nicho no chão de pedra, próximo à margem. O chão ao redor do nicho estava chamuscado como se por velhas fogueiras.

Cororuc ficou olhando, sem entender. Na verdade, ele entendia pouco do que havia acontecido. Que essas pessoas fossem mesmo humanas, ele não tinha certeza. Ele tinha escutado muito sobre eles como "as pessoas pequenas". Contos de suas ações, seu ódio pela raça humana e sua malícia voltaram a ele. Mal sabia que estava contemplando um dos mistérios das eras. Que os contos que os antigos gaélicos contavam sobre os pictos, já deformados, se tornavam ainda mais distorcidos de era em era, para resultar em contos de elfos, anões, *trolls* e fadas, primeiro aceitos e depois rejeitados, inteiros, pela raça de homens, assim como os monstros neandertais resultaram em contos de *goblins* e ogros. Mas disso Cororuc não sabia nem se importava, e o ancião estava falando novamente.

"Lá, lá, bretão," exultou ele, apontando para o poste, "lá você deve pagar! Um pagamento escasso pela dívida que sua raça deve à minha, mas ao máximo de sua extensão."

A exultação do velho teria sido diabólica, exceto por um certo propósito elevado em seu rosto. Ele foi sincero. Ele acreditava que estava apenas se vingando; e parecia um grande patriota por uma causa poderosa e perdida.

"Mas sou um bretão!" Gaguejou Cororuc. "Não foi meu povo que levou sua raça ao exílio! Foram os gaélicos, da Irlanda. Eu sou um bretão e minha raça veio da Gália apenas cem anos atrás. Conquistamos os gaélicos e os empurramos para Erin[9], País de Gales e Caledônia, mesmo enquanto eles expulsavam sua raça."

"Não importa!" O velho chefe estava de pé. "Um celta é um celta. Bretão, ou gaélico, não faz diferença. Se não fossem os gaélicos, teriam sido os bretões. Todo celta que cair em nossas mãos deve pagar, seja guerreiro ou mulher, bebê ou rei. Prendam ele e o amarram ao poste."

Em um instante Cororuc foi amarrado ao poste e viu, com horror, os pictos empilhando lenha em seus pés.

"E quando você estiver suficientemente queimado, bretão," disse o ancião, "este punhal que bebeu o sangue de cem bretões, saciará sua sede no seu."

"Mas nunca fiz mal a um picto!" Cororuc ofegou, lutando com suas amarras.

"Você paga, não pelo que fez, mas pelo que sua raça fez," respondeu o ancião severamente. "Bem, eu me lembro dos feitos dos celtas quando eles desembarcaram na Britânia — os gritos dos abatidos, os gritos de meninas violentadas, as fumaças das aldeias em chamas, os saques."

Cororuc sentiu os pelos curtos do pescoço eriçarem. Quando os celtas desembarcaram na Britânia! Isso foi há mais de quinhentos anos!

E sua curiosidade celta não o deixava ficar parado, mesmo na fogueira com os pictos se preparando para acender lenha empilhada ao seu redor.

"Você não conseguiria se lembrar disso. Isso foi há séculos."

O ancião olhou para ele sombriamente. "Eu sou velho. Na minha juventude eu era um caçador de bruxas, e uma velha bruxa me amaldiçoou enquanto se contorcia na fogueira. Ela disse que eu deveria viver até que o último filho da raça picta perecesse. Que eu veria a outrora poderosa nação cair no esquecimento e

9 - *Nome mitológico da Irlanda. Segundo o folclore irlandeses, o nome foi originalmente dado à ilha pelos milésios em homenagem à deusa Ériu.*

então — e somente então — eu deveria segui-la. Pois ela colocou sobre mim a maldição da vida eterna."

Então sua voz se elevou até encher a caverna. "Mas a maldição não era nada. Palavras não podem fazer mal, não podem fazer nada, a um homem. Eu vivo. Cem gerações eu vi ir e vir, e ainda outras cem. O que é o tempo? O sol nasce e se põe, e mais um dia passou no esquecimento. Os homens observam o sol e definem suas vidas por ele. Eles se ligam em todos os lados com o tempo. Eles contam os minutos que os levam para a eternidade. O homem sobreviveu aos séculos antes de começar a contar o tempo. O tempo é feito pelo homem. A eternidade é obra dos deuses. Nesta caverna não existe tempo. Não há estrelas, nem sol. Lá fora é o tempo; aqui dentro é a eternidade. Não contamos o tempo. Nada marca a velocidade das horas. Os jovens saem. Eles veem o sol, as estrelas. Eles calculam o tempo. E eles se vão. Eu era um jovem quando entrei nesta caverna. Nunca saí dela. Como você calcula o tempo, eu posso ter morado aqui mil anos, ou uma hora. Quando não está unida pelo tempo, a alma, a mente, chame como quiser, pode conquistar o corpo. E os sábios da raça, na minha juventude, sabiam mais do que o mundo exterior jamais aprenderá. Quando sinto que meu corpo começa a enfraquecer, tomo a poção mágica, que só eu conheço, de todo o mundo. Não dá imortalidade; isso é obra apenas da mente; mas reconstrói o corpo. A raça dos pictos desaparece; eles desaparecem como a neve na montanha. E quando o último se for, este punhal me libertará do mundo." Então, em uma rápida mudança de tom, "Acendam as lenhas!"

A mente de Cororuc estava bastante cambaleante. Ele não entendeu nada do que acabara de ouvir. E tinha certeza de que estava ficando louco; e o que viu no minuto seguinte garantiu-lhe isso.

Através da multidão veio um lobo; e sabia que era o lobo que ele havia resgatado da pantera perto da ravina na floresta!

Estranho, quão longe e distante isso parecia! Sim, era o

mesmo lobo. Aquele mesmo andar estranho e cambaleante. Então a coisa ficou ereta e ergueu as patas dianteiras até a cabeça. Que horror sem nome era aquele?

Então a cabeça do lobo caiu para trás, revelando o rosto de um homem. O rosto de um picto; um dos primeiros "lobisomens". O homem saiu da pele de lobo e avançou, chamando alguma coisa. Um picto que começava a acender a madeira em volta dos pés do bretão afastou a tocha e hesitou.

O picto-lobo deu um passo à frente e começou a falar com o chefe, usando o celta, evidentemente em benefício do prisioneiro. Cororuc ficou surpreso ao ouvir tantos falarem sua língua, não refletindo sobre sua relativa simplicidade e a habilidade dos pictos.

"O que é isto?" Perguntou o picto que tinha sido um lobo. "Deve ser queimado um homem que não deveria ser!"

"Quê?" Exclamou o velho ferozmente, segurando sua longa barba. "Quem é você para ir contra um costume da antiguidade milenar?"

"Encontrei uma pantera," respondeu o outro, "e esse bretão arriscou a vida para salvar a minha. Não deve um picto mostrar ingratidão?"

E enquanto o ancião hesitava, evidentemente puxado para um lado por seu desejo fanático de vingança, e para outro por seu orgulho racial igualmente feroz, o picto irrompeu em um selvagem voo de oração, realizado em sua própria língua. Por fim, o velho chefe assentiu.

"Um picto sempre pagou suas dívidas," disse ele com grandeza impressionante. "Nunca um picto esquece. Solte-o. Nenhum celta jamais dirá que um picto mostrou ingratidão."

Cororuc foi solto e, como um homem atordoado, tentou balbuciar seus agradecimentos, o chefe os dispensou.

"Um picto nunca esquece um inimigo, sempre se lembra de um ato amigável," respondeu ele.

"Venha," murmurou seu amigo picto, puxando o braço do

celta.

Ele o conduziu pelo caminho até uma caverna que se afastava da caverna principal. Enquanto andavam, Cororuc olhou para trás, para ver o velho chefe sentado em seu trono de pedra, seus olhos brilhando enquanto parecia olhar para trás, através das glórias perdidas das eras; em cada mão, os fogos saltavam e tremeluziam. Uma figura de grandeza, o rei de uma raça perdida.

O guia de Cororuc o conduzia continuamente. E finalmente eles emergiram e o bretão viu o céu estrelado acima deles.

"Por ali há uma aldeia de membros de sua tribo", disse o picto, apontando, "onde você encontrará boas-vindas até que deseje retomar sua jornada."

E ele deu presentes ao celta; presentes de roupas de pano e pele de veado finamente trabalhadas, cintos de contas, um arco de chifre fino com flechas habilmente pontilhadas com obsidiana. Presentes de comida. Suas próprias armas foram devolvidas a ele.

"Mas um instante," disse o bretão, enquanto o picto se virava para partir. "Eu segui seus rastros na floresta. Eles desapareceram." Havia uma pergunta em sua voz.

O picto riu baixinho. "Pulei nos galhos da árvore. Se você tivesse olhado para cima, teria me visto. Se algum dia desejar um amigo, encontrará um em Berula, chefe entre os pictos albaneses."

Ele se virou e desapareceu. E Cororuc caminhou pelo luar em direção à aldeia celta.

OS CAVALEIROS DA BABILÔNIA

Weird Tales, janeiro de 1928

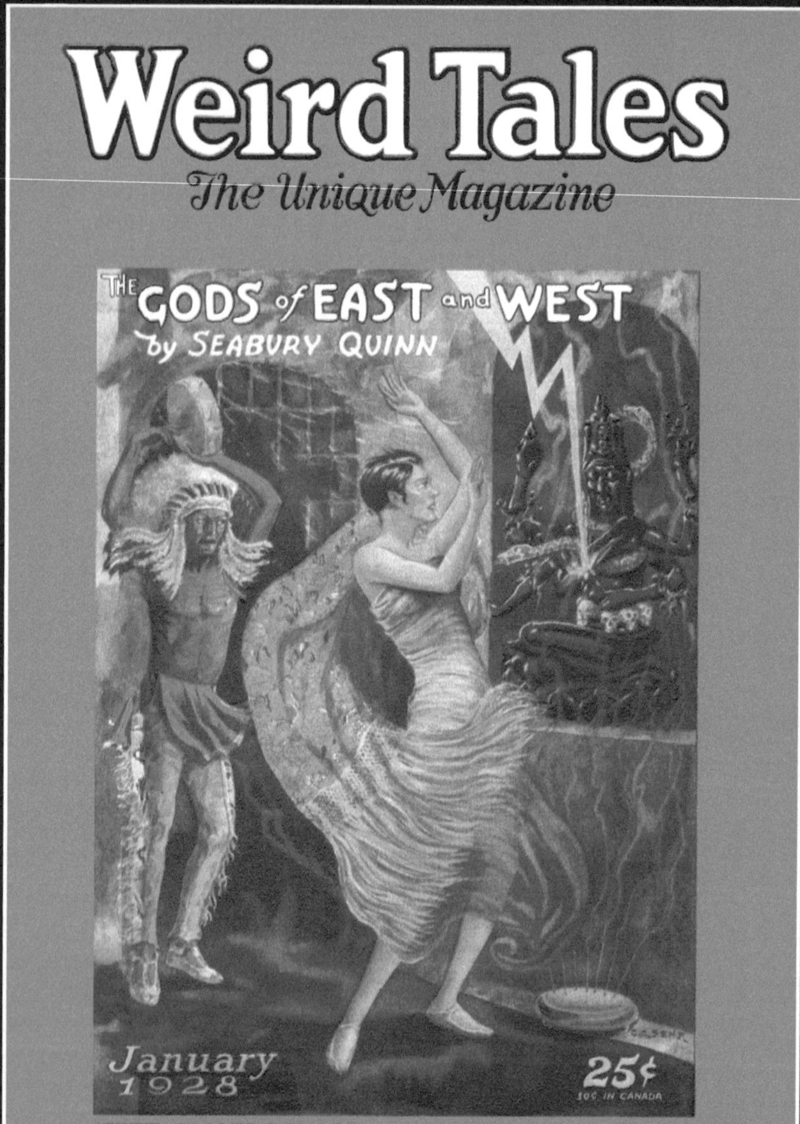

*Capa da **Weird Tales** volume 11 nº 1 de janeiro de 1928 com a primeira publicação de **Os Cavaleiros da Babilônia** (The Riders of Babylon). Ilustração da capa por **CC Senf**.*

Os Cavaleiros da Babilônia

Os cavaleiros da Babilônia fazem barulho
Como os algozes com asas de falcão de Azrael
Para os prados do Sul e do Norte
E as cidades fortificadas de Israel.
Eles atormentam os homens das caravanas,
Eles trazem saques raros pelas areias
Para enfeitar o trono do grande deus Baal.
Mas o rei da Babilônia é uma casca quebrada
E a rainha da Babilônia é um duende do Inferno;
E os homens dirão: "Aqui caiu Babilônia",
Mesmo o Tempo esqueceu o conto.

Os cavaleiros da Babilônia vêm e vão
Dos salões de Gaza às margens de Tiro;
Eles sacodem o mundo das terras de neve
Para os desertos, vermelhos no fogo do pôr-do-sol;
Seus cavalos nadam em um mar de sangue
E as tribos da terra se curvam diante;
Acorrentaram os mares por onde navegam os cretenses.
Mas o sol de Babilônia se porá em sangue;
Suas torres afundarão em uma inundação carmesim;
E os homens dirão: "Aqui ficava Babilônia",
Antes que o tempo esquecesse o conto.

A COBRA DOS SONHOS

A história de uma cobra misteriosa — um conto incomum — noite após noite o horror cresceu, até engolfar completamente o homem condenado.
*— **Weird Tales***
Fevereiro de 1928

*Capa da **Weird Tales** volume 11 nº 2 de fevereiro de 1928*
*com a primeira publicação de **A Cobra dos Sonhos** (The Dream Snake).*
*Ilustração da capa por **CC Senf**.*

A Cobra dos Sonhos

A noite estava estranhamente quieta. Enquanto estávamos sentados na ampla varanda, olhando para os gramados amplos e sombrios, o silêncio da hora penetrou em nossos espíritos e por um longo tempo ninguém falou.

Então, ao longo das montanhas escuras que margeavam o horizonte leste, uma neblina fraca começou a brilhar, e logo uma grande lua dourada surgiu, gerando um brilho fantasmagórico sobre a terra e gravando o relevo dos grupos escuros de sombras que eram as árvores. Uma leve brisa veio sussurrando do leste, e a grama não cortada balançava diante dela em ondas longas e sinuosas, fracamente visíveis ao luar; e do grupo na varanda veio um suspiro rápido, uma inspiração aguda que nos fez virar e olhar.

Faming estava inclinado à frente, agarrado aos braços da cadeira, o rosto estranho e pálido à luz espectral; um fino fio de sangue escorrendo do lábio em que ele cravara os dentes. Espantados, olhamos para ele e, de repente, ele se sacudiu com uma risada curta e rosnante.

"Não há necessidade de me olharem boquiabertos como um rebanho de ovelhas!" Ele disse irritado e parou. Ficamos perplexos, mal sabendo que tipo de resposta dar, e de repente ele explodiu de novo.

"Agora acho que é melhor eu contar a coisa toda ou vocês vão sair e me sacrificarão como a um lunático. Não me interrompam, nenhum de vocês! Quero tirar essa coisa da minha mente. Vocês todos sabem que não sou um homem muito imaginativo, mas há uma coisa, pura invenção da imaginação, que me assombra desde a infância. Um sonho!" Ele se encolheu bastante na cadeira enquanto murmurava: "Um sonho! E Deus, que sonho! A primeira vez — não, não consigo me lembrar da primeira vez que sonhei — estive sonhando com a coisa infernal desde que consigo me lembrar. Então é assim: há uma espécie de bangalô, situado em uma colina no meio de grandes pastagens — não muito diferente desta propriedade; mas esta cena é na África. E estou morando lá com uma espécie de criado, um hindu. Exatamente por que estou lá nunca fica claro para minha mente desperta, embora eu esteja sempre ciente da razão em meus sonhos. Como um homem de um sonho, me lembro de minha vida passada (uma vida que de forma alguma corresponde à minha vida de vigília), mas quando estou acordado meu subconsciente não consegue transmitir essas impressões. No entanto, acho que sou um fugitivo da justiça e o hindu também é um fugitivo. Como o bangalô veio a existir lá, nunca me lembro, nem sei em que parte da África fica, embora todas essas coisas sejam conhecidas pelo meu eu dos sonhos. Mas o bangalô é um pequeno de pouquíssimos quartos, e está situado no topo da colina, como eu disse. Não há outras colinas ao redor e as pastagens se estendem até o horizonte em todas as direções; na altura do joelho em alguns lugares, na altura da cintura em outros.

"Assim, o sonho sempre inicia quando estou subindo a colina, e que o sol está começando a se pôr. Estou carregando um rifle quebrado e estive em uma viagem de caça; como o rifle foi quebrado e todos os detalhes da viagem, lembro-me claramente — sonhando. Mas nunca ao acordar. É como se uma cortina se levantasse de repente e um drama começasse; ou como se eu fosse subitamente transferido para o corpo e a vida de outro homem, lembrando dos anos passados dessa vida, e não ciente de qualquer outra existência. E essa é a parte infernal disso! Como vocês sabem, a maioria de nós, sonhando, está, no fundo de nossa consciência, ciente de que estamos sonhando. Não importa quão horrível o sonho possa se tornar, sabemos que é um sonho, e assim a insanidade ou a possível morte é evitada. Mas neste sonho em particular, não existe tal conhecimento. Eu lhes digo que é tão vívido, tão completo em todos os detalhes, que às vezes me pergunto se essa não é minha existência real e isto aqui é um sonho! Mas não, pois então eu deveria estar morto anos atrás.

"Como eu ia dizendo, eu subo a colina e a primeira coisa que percebo que é fora do comum é uma espécie de trilha subindo a colina de forma irregular; isto é, a grama está amassada como se algo pesado tivesse sido arrastado sobre ela, mas não presto atenção a isso, pois estou pensando, com alguma irritação, que o rifle quebrado que carrego é minha única arma e que agora devo renunciar à caça até que possa mandar buscar outra.

"Vejam vocês, eu me lembro de pensamentos e impressões do próprio sonho, das ocorrências do sonho; são as lembranças que o 'eu' do sonho tem, daquela outra existência onírica que eu não consigo lembrar. Então, subo a colina e entro no bangalô. As portas estão abertas e o hindu não está lá. Mas a sala principal está em confusão, as cadeiras estão quebradas, uma mesa virada. A adaga do hindu está no chão, mas não há sangue em lugar algum.

"Agora, em meus sonhos, eu nunca me lembro dos outros sonhos, como às vezes acontece. Sempre é o primeiro sonho, a primeira vez. Sempre experimento as mesmas sensações, em meus sonhos, com uma força tão vívida quanto a primeira vez. Eu sempre sonhei. Então. Não sou capaz de entender isso. O hindu se foi, mas (assim eu rumino, de pé no centro da sala desordenada) o que acabou com ele? Teria sido um bando de negros saqueadores que pilharam o bangalô e provavelmente o queimaram. Se tivesse sido um leão, o lugar estaria manchado de sangue. Então, de repente, me lembro da trilha que vi subindo a colina, e uma mão fria tocou minha espinha; pois instantaneamente a coisa toda ficou clara: a coisa que surgiu do pasto e causou estragos no pequeno bangalô não poderia ser outra senão uma serpente gigante. E enquanto penso no tamanho do rastro, suor frio escorre pela minha testa e o rifle quebrado treme em minha mão.

"Então corro para a porta em pânico selvagem, meu único pensamento é correr para a costa. Mas o sol se pôs e o crepúsculo está se espalhando pelas pastagens. E lá fora, em algum lugar, espreitando na grama alta está aquela coisa horrível — aquele horror. Deus!" A exclamação saiu de seus lábios com tal sentimento que todos nós estremecemos, sem perceber a tensão que tínhamos atingido. Houve um segundo de silêncio, então ele continuou:

"Então fecho as portas e janelas, acendo a lâmpada que tenho e me posiciono no meio da sala. E fico como uma estátua — esperando — ouvindo. Depois de um tempo a lua surge e sua luz abatida flutua através das janelas. E eu fico parado no centro da sala; a noite está muito quieta — algo como esta noite; a brisa ocasionalmente sussurra através da grama, e cada vez me espanto e aperto minhas mãos até que as unhas cravam na carne e o sangue escorre pelos meus pulsos — e eu fico lá e espero e escuto, mas ela não vem naquela noite!" A sentença veio repentina e explosivamente, e um suspiro involuntário veio do resto; um relaxamento da tensão.

"Estou determinado, se sobreviver a noite inteira, a partir para a costa no início da manhã seguinte, arriscando-me lá nas pastagens sombrias — com ela. Mas com a manhã, não ouso. Não sei em que direção o monstro foi; e não ouso me arriscar a encontrá-lo a céu aberto, desarmado como estou. Assim, como em um labirinto, permaneço no bangalô, e sempre meus olhos se voltam para o sol, cambaleando implacavelmente pelo céu em direção ao horizonte. Ah, Deus! Se eu pudesse parar o sol no céu!"

O homem estava sob o domínio de um poder terrível; suas palavras saltaram para nós.

"Então o sol chacoalha o céu e as longas sombras cinzentas vêm espreitando pelas pastagens. Tonto de medo, eu tranco as portas e janelas e acendo a lâmpada muito antes do último brilho fraco do crepúsculo desaparecer. A luz das janelas pode atrair o monstro, mas não me atrevo a ficar no escuro. E novamente me coloco no centro da sala — esperando."

Houve uma parada estremecedora. Então ele continuou, pouco acima de um sussurro, umedecendo os lábios: "Não há como saber quanto tempo eu fico ali; o Tempo deixa de existir e cada segundo é uma eternidade; cada minuto é uma eternidade que se estende por eternidades sem fim. Então, Deus!, mas o que é isso?" Ele se inclinou para frente, o luar esculpindo em seu rosto uma máscara de escuta horrorizada que fez cada um de nós estremecer e lançar um olhar apressado por cima dos ombros.

"Não foi a brisa da noite desta vez," ele sussurrou. "Mas algo faz a grama sibilar — como se um grande, longo e flexível peso estivesse sendo arrastado por elas. Acima do bangalô a coisa sibila e depois pára — na frente da porta; então as dobradiças rangem — rangem! A porta começa a se projetar para dentro — um pouco — depois um pouco mais!" Os braços do homem estavam à sua frente, como se estivesse fortemente apoiado contra algo, e sua respiração saía em suspiros rápidos. "E eu sei que deveria encostar na porta e mantê-la fechada, mas não, eu não posso me mexer. Eu fico ali, como uma ovelha esperando para ser abatida — mas a porta aguenta!" Novamente aquele suspiro expressivo de sentimento reprimido.

Ele passou a mão trêmula pela testa. "E a noite toda fico no centro daquele quarto, imóvel como uma imagem, exceto para me virar lentamente, enquanto o sibilar da grama marca o curso do demônio pela casa. Sempre mantenho meus olhos na direção daquele som suave e sinistro. Às vezes ele cessa por um instante, ou por vários minutos, e então mal consigo respirar, pois a horrível obsessão é que a serpente tenha de alguma forma entrado no bangalô, e me espanto e tremo dessa maneira, terrivelmente com medo de fazer barulho, embora não saiba por quê, mas sempre com a sensação de que a coisa está às minhas costas. Então os sons recomeçam e eu congelo imóvel.

"Agora, essa é a única vez que minha consciência, que

guia minhas horas de vigília, de alguma forma perfura o véu dos sonhos. De certa forma, minha outra mente reconhece certos fatos e os passa para o meu do sono — devo dizer "ego"? Quer dizer, minha personalidade é por um instante verdadeiramente dual e separada até certo ponto, tal como os braços direitos e esquerdos são separados, enquanto compõem partes da mesma entidade. Minha mente sonhadora não tem conhecimento de minha mente superior; por enquanto a outra mente está subordinada e a mente subconsciente está no controle total, a tal ponto que nem mesmo reconhece a existência da outra. Mas a mente consciente, agora adormecida, está ciente das fracas ondas de pensamento que emanam da mente do sonho. Eu sei que não deixei isso totalmente claro, mas o fato é que eu sei que minha mente, consciente e subconsciente, está perto da ruína. Minha obsessão de medo, enquanto estou lá em meu sonho , é que a serpente se erguerá e me espiará pela janela. E eu sei, em meu sonho, que se isso acontecer eu vou enlouquecer. E tão vívida é a impressão transmitida à minha mente consciente, agora adormecida, que as ondas de pensamento agitam os mares turvos do sono, e de alguma forma posso sentir minha sanidade cambaleando como minha sanidade cambaleia em meu sonho. Para frente e para trás ela oscila e ondula até que o movimento assume um aspecto físico e eu no meu sonho estou balançando de um lado para o outro. Nem sempre a sensação é a mesma, mas eu lhes digo, se esse horror alguma vez erguer sua forma terrível e me olhar de soslaio, se eu alguma vez vir a coisa assustadora em meu sonho, ficarei completamente louco, selvagem." Houve um movimento inquieto entre os demais.

"Deus! Mas que perspectiva!" Ele murmurou. "Ser louco e sempre sonhando o mesmo sonho, noite e dia! Mas lá estou eu, e séculos se passam, mas finalmente uma luz cinzenta tênue começa a entrar pelas janelas, o sibilar morre ao longe e logo um sol vermelho e abatido sobe no céu do leste. Então me viro e olho para um espelho — e meu cabelo fica perfeitamente branco.

Cambaleio até a porta e a escancaro completamente. Não há nada à vista além de uma trilha larga que desce a colina pelas pastagens — na direção oposta daquela que eu tomaria em direção à costa. E com um grito de riso maníaco, desço a colina e corro pelas pastagens. Eu corro até cair de exaustão, então me deito até que possa cambalear e continuar.

"Todo o dia guardo isso, com esforço sobre-humano, estimulado pelo horror atrás de mim. E sempre que me jogo à frente com pernas fracas, sempre que fico ofegante, observo o sol com uma ansiedade terrível. Quão rápido o sol viaja quando um homem corre contra ele pela vida! É uma corrida perdida, como sei quando vejo o sol se pondo em direção ao horizonte, e as colinas que eu esperava chegar antes do pôr do sol parecem tão distantes como sempre."

Sua voz baixou e instintivamente nos inclinamos em sua direção; ele estava segurando os braços da cadeira e o sangue escorria de seu lábio.

"Então o sol se põe e as sombras vêm e eu cambaleio e caio e me levanto e cambaleio novamente. E eu rio, rio, rio! Então eu paro, pois a lua surge e lança as pastagens em um fantasmagórico e prateado alívio. A luz é branca por toda a terra, embora a própria lua seja como sangue. E olho para trás, por onde vim — e muito — para trás..." todos nós nos inclinamos mais em sua direção, nossos cabelos eriçados; sua voz veio como um sussurro fantasmagórico... "muito atrás — eu — vejo — a — grama — ondulando. Não há brisa, mas a grama alta se separa e ondula ao luar, em uma linha estreita e sinuosa — longe, mas se aproximando a cada instante." Sua voz morreu.

Alguém quebrou a quietude que se seguiu: "E então...?"

"Então eu acordo. Nunca vi o monstro imundo. Mas esse é o sonho que me persegue, e do qual acordei, em minha infância gritando, em minha masculinidade em suor frio. Em intervalos irregulares eu o sonho, e cada vez mais, ultimamente..." ele hesitou e então continuou... "cada vez mais ultimamente, a coisa foi se aproximando — chegando mais perto — a ondulação da grama marca seu progresso e ela se aproxima de mim a cada sonho; e quando ela me alcançar, então..."

Ele parou de repente, então sem uma palavra, levantou-se abruptamente e entrou na casa. O resto de nós ficou em silêncio por algum tempo, depois o seguiu, pois já era tarde.

"Não sei por quanto tempo dormi, mas acordei de repente com a impressão de que em algum lugar da casa alguém havia gargalhado, longo, alto e hediondo, como gargalha um maníaco. Sobressaltando, ponderei se eu estava sonhando, corri do meu quarto, enquanto um grito verdadeiramente horrível ecoou pela casa. O lugar estava agora repleto com outras pessoas que haviam acordado, e todos nós corremos para o quarto de Faming, de onde os sons pareciam vir.

Faming jazia morto no chão, onde parecia que ele havia caído em alguma luta terrível. Não havia nenhuma marca nele, mas seu rosto estava terrivelmente distorcido; como o rosto de um homem que havia sido esmagado por alguma força sobre-humana — como uma cobra gigantesca.

A HIENA

Senecoza, o homem-fetiche africano, escolheu um jeito estranho de realizar seus propósitos malignos.
*— **Weird Tales***
Março de 1928

*Capa da **Weird Tales** volume 11 nº 3 de março de 1928*
*com a primeira publicação de **A Hiena** (The Hyen).*
*Ilustração da capa por **CC Senf**.*

A Hiena

Desde a primeira vez que vi Senecoza, o homem-fetiche,[10] desconfiei dele, e de uma vaga desconfiança a ideia acabou se transformando em ódio.

Eu era recém-chegado à Costa Leste, novo nos costumes africanos, um pouco inclinado a seguir meus impulsos e possuidor de uma grande curiosidade.

Por ser da Virgínia, o instinto racial e o preconceito eram fortes em mim, e sem dúvida o sentimento de inferioridade que Senecoza constantemente me inspirava tinha muito a ver com

10 - *Um homem que pratica magia usando fetiches. Fetiche é algo que se acredita possuir, conter ou causar poderes espirituais ou mágicos, como um um amuleto, um talismã também pode ser algo sexual, como um objeto ou uma parte do corpo, que desperte o desejo sexual ou seja necessário para alcançar a plena satisfação sexual. O termo fetiche tem origem no latim "facticius" significando "artificial", passou depois para o francês como "fétiche", para o inglês antigo como "fetich" (fora de uso, substituído por "fetish") e para o portguês como "feitiço" e também como "fetiche" que tem uma conotação mais voltada para a sexualização ou erotização de algo. Para nossa tradução preferimos usar "homem-fetiche" (fetish-man), ao invés simplesmente "feiticeiro", para manter uma maior proximidade de nosso texto com o original.*

minha antipatia por ele.

Ele era surpreendentemente alto e magro. Se punha em pé com quinze centímetros acima de um metro e oitenta, e tão musculoso era seu corpo sobressalente que pesava uns bons 90 quilos. Seu peso parecia incrível quando se olhava para seu corpo esguio, mas ele era todo musculoso — um gigante negro e esguio. Suas feições não eram negras puras. Assemelhavam-se mais aos berberes do que aos bantos, com a testa alta e protuberante, nariz fino e lábios finos e retos. Mas seu cabelo era tão crespo quanto o de um bosquímano e sua cor era mais preta ainda que a dos massais. Na verdade, sua pele brilhante tinha uma tonalidade diferente da dos nativos da tribo, e acredito que ele era de uma tribo diferente.

Raramente nós do rancho o víamos. Então, sem aviso, ele estava entre nós, ou o veríamos caminhando pela grama da savana na altura dos ombros, às vezes sozinho, às vezes seguido a uma distância respeitosa por vários dos massais selvagens, que se amontoavam a certa distância dos prédios, segurando suas lanças nervosamente e olhando para todos com desconfiança.

Ele fazia suas saudações com uma graça cortês; seus modos eram respeitosamente corteses, mas de alguma forma "me irritavam", por assim dizer. Sempre tive a vaga sensação de que o negro estava zombando da gente. Ele aparecia diante de nós, um gigante de bronze nu; negociava alguns artigos simples, como uma chaleira de cobre, miçangas ou um mosquete; a repetir as palavras de algum chefe e partia.

Eu não gostava dele. E sendo jovem e impetuoso, dei minha opinião a Ludtvik Strolvaus, um parente muito distante, primo em décimo grau ou algo parecido, em cujo rancho, um entreposto comercial, eu estava hospedado.

Mas Ludtvik riu em sua barba loura e disse que não havia nada de errado com o homem-fetiche.

"Ele é um poder entre os nativos, é verdade. Todos o temem. Mas ele é amigo dos brancos. *Ja*."

Ludtvik residiu por muito tempo na Costa Leste; conhecia nativos e conhecia o gordo gado australiano que criava, mas tinha pouca imaginação.

Os prédios da fazenda ficavam no meio de uma paliçada, em uma espécie de declive, com vista para incontáveis quilômetros e quilômetros das melhores pastagens da África. A paliçada era grande, bem adequada para defesa. A maioria das milhares de cabeças de gado poderia ser levada para dentro em caso de revolta dos massais. Ludtvik estava excessivamente orgulhoso de seu gado.

"Mil agora," ele me dizia, seu rosto redondo radiante, "mil agora. Mas depois, ah! Dez mil e outros dez mil. Este é um bom começo, mas apenas um começo. *Ja*."

Devo confessar que não me emocionei muito com o gado. Os nativos os agrupavam e encurralavam; tudo o que Ludtvik e eu precisávamos fazer era cavalgar e dar ordens. Esse era o trabalho que ele mais gostava, e eu o deixei principalmente para ele.

Meu principal esporte era cavalgar pela savana, sozinho ou acompanhado por um portador de arma, com um rifle. Não que eu já tivesse absorvido muito do jogo. Em primeiro lugar, eu era um atirador execrável; Dificilmente eu poderia acertar um elefante de perto. Em segundo lugar, parecia-me uma pena atirar em tantas coisas. Um antílope do mato parava na minha frente e corria para longe, e eu me sentava para observá-lo, admirando a figura esbelta e ágil, emocionado com a beleza graciosa da criatura, meu rifle parado sobre o chifre da sela.

O garoto nativo que servia como meu porta-armas começou a suspeitar que eu estava deliberadamente me abstendo de atirar, e começou de uma maneira dissimulada a lançar insinuações sarcásticas sobre minha feminilidade. Eu era jovem e valorizava até a opinião de um nativo; o que é muito tolo. Suas observações feriram meu orgulho, e um dia eu o puxei do cavalo e o esmurrei até que ele gritou por misericórdia. Depois disso, minhas ações não foram questionadas.

Mas ainda me sentia inferior na presença do homem-fetiche. Não consegui que os outros nativos falassem sobre ele. Tudo o que consegui extrair deles foi um revirar assustado de olhos, gesticulação indicativa de medo e uma vaga informação de que o homem-fetiche morava entre as tribos a alguma distância do interior. A opinião geral parecia ser de que Senecoza era um bom homem para se deixar em paz.

Um incidente fez com que o mistério sobre o homem-fetiche assumisse, ao que parecia, uma forma bastante sinistra.

Da maneira misteriosa como as notícias correm pela África, e da qual os brancos tão raramente ouvem, ficamos sabendo que Senecoza e um chefe menor tiveram algum tipo de desavença. Era vago e parecia não ter nenhuma base de fato especial. Mas pouco depois esse chefe foi encontrado meio devorado por hienas. Isso, por si só, não era incomum, mas o susto com que os nativos ouviram a notícia sim. O chefe não era nada para eles; na verdade, era uma espécie de vilão, mas sua morte parecia inspirá-los com um medo que era quase homicida. Quando o negro atinge um certo estágio de medo, ele é tão perigoso quanto uma pantera encurralada. Quando Senecoza apareceu novamente, eles se levantaram e fugiram em massa e não voltaram até que ele partiu.

Entre o medo dos negros, o despedaçamento do chefe pelas hienas e o homem-fetiche, parecia pressentir vagamente algum tipo de conexão. Mas eu não conseguia entender o pensamento intangível.

Não muito tempo depois, esse pensamento foi intensificado por outro incidente. Eu havia cavalgado muito longe na savana, acompanhado por meu servo. Quando paramos para descansar nossos cavalos perto de uma *kopje*,[11] vi, no topo, uma hiena nos observando. Fiquei bastante surpreso, pois as feras não têm o hábito de aproximar-se do homem com tanta ousadia durante o dia, levantei meu rifle e fiz uma pontaria firme, pois sempre odiei

---

11 - *Em sulafricano é uma pequena colina em uma área geralmente plana, um outeiro.*

aquelas coisas, quando meu servo me puxou pelo braço.

"Não atire, *bwana!*[12] Não atire!" Ele exclamou apressadamente, tagarelando muito em sua própria língua, com a qual eu não estava familiarizado.

"O que foi?" Eu perguntei impaciente.

Ele continuou tagarelando e puxando meu braço, até que percebi que a hiena era algum tipo de besta-fetiche.

"Ah, tudo bem," concedi, abaixando meu rifle assim que a hiena se virou e saiu de vista.

Algo sobre a fera esguia e repulsiva e seu andar cambaleante, mas graciosamente ágil, atingiu meu senso de humor com uma comparação ridícula.

Rindo, apontei para a fera e disse: "Aquele sujeito parece uma imitação de hiena de Senecoza, o homem-fetiche." Minha simples declaração pareceu lançar o nativo a um medo mais abjeto do que nunca.

Ele virou seu pônei e disparou na direção geral do rancho, olhando para mim com uma cara assustada.

Eu o segui, irritado. E enquanto cavalgava eu ponderava. Hienas, um homem-fetiche, um chefe despedaçado, um campo de nativos com medo; qual era a ligação? Fiquei muito intrigado, mas eu era novo na África; era jovem e impaciente, e logo com um encolher de ombros de aborrecimento descartei todo o problema.

Quando Senecoza apareceu novamente ao rancho, ele conseguiu parar bem na minha frente. Por um instante fugaz, seus olhos brilhantes olharam nos meus. E, contra minha vontade, estremeci e dei um passo para trás, involuntário, sentindo-me como um homem que olha inconsciente nos olhos de uma serpente. Não havia nada tangível, nada em que eu pudesse basear uma briga, mas havia uma ameaça distinta. Antes que minha

---

12 - *Bwana é uma palavra do Swahili, proveniente do àrabe Abuna, com significado de "nosso pai". O uso no texto tem o sentido de "chefe", "patrão" e "senhor". O termo era muito usado nos filmes politicamente incorretos da década de 50 que se passavam na África.*

belicosidade nórdica pudesse se reafirmar, ele se foi. Eu não disse nada. Mas eu sabia que Senecoza me odiava por algum motivo e que ele planejava minha morte. Por qual motivo, eu não sabia.

Quanto a mim, minha desconfiança se transformou em raiva desnorteada, que por sua vez se transformou em ódio.

E então Ellen Farel veio para o rancho. Por que ela deveria escolher um rancho comercial na África Oriental como um lugar para descansar da vida social de Nova York, eu não sei. África não é lugar para uma mulher. Foi isso que Ludtvik, também seu primo, disse a ela, mas ficou muito feliz em vê-la. Quanto a mim, as meninas nunca me interessaram muito; geralmente eu me sentia um tolo na presença delas e ficava feliz por estar fora. Mas havia poucos brancos nas redondezas e cansei da companhia de Ludtvik.

Ellen estava de pé na ampla varanda quando a vi pela primeira vez, uma coisa jovem e bonita, com bochechas rosadas e cabelos como ouro e grandes olhos cinza. Ela estava surpreendentemente cativante em seu traje de bermuda de montaria, bengalas, jaqueta e capacete leve.

Eu me senti extremamente estranho, empoeirado e estúpido quando me sentei no meu pônei africano e a encarei.

Ela viu um jovem atarracado, de estatura mediana, cabelos cor de areia, olhos nos quais predominava uma espécie de cinza; um jovem comum e feio, vestido com roupas de montar empoeiradas e um cinto de cartuchos de um lado do qual estava pendurado um velho *Colt* de grande calibre, e do outro uma longa e perversa faca de caça.

Desmontei e ela veio à frente, com a mão estendida.

"Sou Ellen," disse ela, "e sei que você é Steve. O primo Ludtvik tem me falado de você."

Apertei sua mão, surpreso com a emoção que o mero toque de sua mão me deu.

Ela estava entusiasmada com o rancho. Estava entusiasmada com tudo. Raramente vi alguém que tivesse mais vigor, mais prazer em tudo o que era feito. Ela cintilava bastante com alegria e jovialidade.

Ludtvik deu a ela o melhor cavalo do lugar, e cavalgamos muito pelo rancho e pela savana.

Os negros a interessavam muito. Eles tinham medo dela, não estavam acostumados com mulheres brancas. Ela teria descido do cavalo e brincado com as picaretas se eu tivesse deixado. Ela não conseguia entender por que deveria tratar os negros como poeira sob seus pés. Tivemos longas discussões sobre isso. Eu não consegui convencê-la, então disse sem rodeios que ela não sabia nada sobre isso e deveria fazer o que eu havia lhe dito.

Ela fez beicinho com seus lindos lábios e me chamou de tirano, e então saiu pela savana como um antílope, rindo de mim por cima do ombro, seu cabelo solto ao vento.

Tirano! Eu era seu escravo desde o início. De alguma forma, a ideia de me tornar um amante nunca passou pela minha cabeça. Não era o fato de ela ser vários anos mais velha do que eu, ou de ter um namorado (vários deles, eu acho) em Nova York. Simplesmente, eu a adorava; sua presença me embriagava, e eu não conseguia pensar em existência mais agradável do que servi-la como um escravo devotado.

Eu estava consertando uma sela um dia quando ela veio correndo.

"Ah, Steve!" Ela chamou; "Aí está o selvagem mais romântico! Venha rápido e me diga qual é o nome dele."

Ela me levou para fora da varanda.

"Lá está ele," disse ela, apontando ingenuamente. Braços cruzados, cabeça altiva jogada para trás, estava Senecoza.

Ludtvik, que estava falando com ele, não prestou atenção na garota até que terminou seu negócio com o homem-fetiche; e então, virando-se, ele a pegou pelo braço e entraram juntos na casa.

De novo fiquei cara a cara com o selvagem; mas desta vez ele não estava olhando para mim. Com uma raiva quase louca, vi que ele estava olhando para a garota. Havia uma expressão em seus olhos de serpente...

Naquele instante minha arma saltou para fora nivelada. Minha mão tremia como uma folha com a intensidade da minha fúria. Certamente devo abater Senecoza como a cobra que ele era, abatê-lo e crivá-lo de balas, fazê-lo em pedaços!

A expressão fugaz deixou seus olhos e eles estavam fixos em mim. Eles pareciam separados, desumanos em sua calma sardônica. E eu não conseguia puxar o gatilho.

Por um momento ficamos parados, e então ele se virou e se afastou, uma figura magnífica, enquanto eu o observava e rosnava com fúria impotente.

Sentei-me na varanda. Que homem misterioso era aquele selvagem! Que estranho poder ele possuía? Eu estava certo, me perguntei, ao interpretar a expressão fugaz enquanto ele olhava para a garota? Pareceu-me, em minha juventude e loucura, incrível que um homem negro, independentemente de sua posição, olhasse para uma mulher branca como olhava. O mais surpreendente de tudo, por que eu não conseguia abatê-lo?

Sobressaltei quando uma mão tocou meu braço.

"No que está pensando, Steve?" Perguntou Ellen, rindo. Então, antes que eu pudesse dizer qualquer coisa: "Aquele chefe, ou o que quer que fosse, um belo espécime de selvagem? Ele nos convidou para ir ao seu *kraal*;[13] é assim que você chama? Está longe na savana em algum lugar, e nós estamos indo."

"Não!" Eu exclamei violentamente, saltando.

"Por que, Steve?" Ela engasgou, recuando, "que rude! Ele é um perfeito cavalheiro, não é, primo Ludtvik?"

"*Ja*," acenou com a cabeça Ludtvik, placidamente, "nós iremos ao *kraal* dele em breve, talvez. Um chefe forte, aquele selvagem. Seu chefe talvez tenha um bom comércio."

---

13 - *Em sulafricano, kraal é uma tradicional aldeia africana de cabanas, tipicamente cercada por uma cerca. O termo é derivado da palavra portuguesa "curral".*

"Não!" Eu repeti furiosamente. "Eu vou se alguém precisar! Ellen não vai chegar perto daquela fera!"

"Ora, que bom!" Comentou Ellen, um tanto indignada. "Então, quer dizer que você é meu chefe, senhor?"

Com toda a sua doçura, ela tinha vontade própria. Apesar de tudo que eu pude fazer, eles combinaram de ir à vila do homem-fetiche no dia seguinte.

Naquela noite, a garota veio até mim, onde me sentei na varanda ao luar, e ela se sentou no braço da minha cadeira.

"Você não está com raiva de mim, está, Steve?" Ela disse, melancólica, colocando o braço em volta dos meus ombros. "Não está bravo, está?"

Bravo? Sim, enlouquecido pelo toque de seu corpo macio — uma devoção tão louca quanto um escravo sente. Eu queria rastejar na poeira aos pés dela e beijar seus sapatos delicados. As mulheres nunca aprenderão o efeito que elas têm sobre os homens?

Peguei sua mão hesitantemente e a pressionei em meus lábios. Acho que ela deve ter percebido um pouco da minha devoção.

"Querido Steve," ela murmurou, e as palavras foram como uma carícia, "venha, vamos caminhar ao luar."

Caminhamos para fora da paliçada. Eu deveria ter sido mais esperto, pois não tinha outra arma além da grande adaga turca que carregava e usava como faca de caça, mas ela queria.

"Fale-me sobre este Senecoza," ela perguntou, e eu aceitei a oportunidade. E então pensei: o que eu poderia dizer a ela? Que as hienas comeram um pequeno chefe dos Masai? Que os nativos temiam o homem-fetiche? Que ele tinha olhado para ela?

E então a garota gritou quando da grama alta saltou uma forma vaga, meio vista à luz do luar.

Senti uma forma pesada e peluda bater em meus ombros; presas afiadas rasgaram meu braço erguido. Fui para a terra, lutando com um horror frenético. Minha jaqueta foi cortada em tiras e as presas estavam na minha garganta antes de eu encontrar e sacar minha faca e esfaquear, cega e selvagemente. Senti minha lâmina rasgar meu inimigo, e então, como uma sombra, ela se foi. Eu cambaleei sobre meus pés, um pouco abalado. A garota me pegou e me firmou.

"O que era aquilo?" Ela engasgou, levando-me em direção à paliçada.

"Uma hiena," eu respondi. "Eu poderia dizer pelo cheiro. Mas eu nunca ouvi falar de um ataque assim."

Ela estremeceu. Mais tarde, depois que meu braço rasgado foi enfaixado, ela se aproximou de mim e disse com uma voz maravilhosamente suave: "Steve, decidi não ir à aldeia, se você não quiser."

Depois que as feridas em meu braço se tornaram cicatrizes, Ellen e eu retomamos nossas cavalgadas, como era de se esperar. Um dia, havíamos caminhado muito longe na savana, e ela me desafiou para uma corrida. Seu cavalo distanciou-se facilmente do meu, e ela parou e esperou por mim, rindo.

Ela tinha parado em uma espécie de *kopje* e apontava para um grupo de árvores a certa distância.

"Árvores!" Ela disse alegremente. "Vamos descer até lá. Há tão poucas árvores na savana."

E ela avançou. Segui alguma cautela instintiva, soltando minha pistola no coldre e, puxando minha faca, enfiei-a na bota para que ficasse totalmente escondida.

Estávamos talvez a meio caminho das árvores quando da grama alta ao nosso redor saltaram Senecoza e uns vinte guerreiros.

Um agarrou as rédeas da garota e os outros correram para mim. O que pegou Ellen caiu com uma bala entre os olhos, e outro caiu com o meu segundo tiro. Então, uma clava de guerra arremessada me arrancou da sela, meio desacordado, e quando os negros se aproximaram de mim vi o cavalo de Ellen, loucamente impelido pela picada de uma lança descuidada, gritando e recuando, dispersando os negros que a seguravam, e disparando em alta velocidade, a haste em seus dentes.

Vi Senecoza pular em meu cavalo e persegui-lo, lançando um comando selvagem por cima do ombro; e ambos desapareceram sobre a *kopje*.

Os guerreiros me amarraram os pés e as mãos e me levaram para as árvores. Uma cabana estava entre elas — uma cabana nativa de palha e casca de árvore. De alguma forma, a visão daquilo me fez estremecer. Parecia espreitar, repelente e indescritivelmente malévola entre as árvores; insinuar ritos horríveis e obscenos; de vodu.

Não sei por que, mas a visão de uma cabana nativa, sozinha e escondida, longe de uma aldeia ou tribo, sempre tem para mim uma sugestão de horror inominável. Talvez seja porque só um negro enlouquecido ou tão criminoso que tenha sido exilado por sua tribo viveria assim.

Na frente da cabana eles me jogaram no chão.

"Quando Senecoza voltar com a menina," disseram eles, "você entrará." E eles riram como demônios. Então, deixando um negro para ver que eu não fugisse, eles foram embora.

O negro que ficou me chutou violentamente; ele era um negro de aparência bestial, armado com um mosquete.

"Eles vão matar homens brancos, tolo!" Ele zombou de mim. "Eles vão para as fazendas e entrepostos comerciais, primeiro para aquele idiota inglês." Querendo dizer Smith, o dono de um rancho vizinho.

E continuou dando detalhes. Senecoza tinha tramado, gabou-se. Eles perseguiriam todos os homens brancos até a costa.

"Senecoza é mais que um homem," gabou-se. "Você verá, homem branco," abaixando a voz e olhando ao redor, por baixo de suas sobrancelhas baixas; "você verá a magia de Senecoza." E ele sorriu, revelando dentes pontiagudos.

"Canibal!" Exclamei, involuntariamente. "Um massai?"

"Não," ele respondeu. "Um homem de Senecoza."

"Que não vai matar nenhum homem branco," eu zombei.

Ele franziu o cenho selvagemente. "Eu vou te matar, homem branco."

"Você não ousa."

"Isso é verdade," ele admitiu, e acrescentou com raiva, "Senecoza vai matá-lo ele mesmo."

Enquanto isso, Ellen cavalgava como uma louca, fugindo do homem-fetiche, mas incapaz de cavalgar em direção ao rancho, pois ele havia se intrometido e a estava forçando a sair para a savana.

O negro soltou minhas amarras. Sua linha de raciocínio era fácil de ver; absurdamente fácil. Ele não podia matar um prisioneiro do homem-fetiche, mas poderia matá-lo para impedir sua fuga. E estava enlouquecido com a sede de sangue. Dando um passo para trás, ele meio que ergueu seu mosquete, me observando como uma cobra observa um coelho.

Deve ter sido nesse momento, como ela me contou depois, que o cavalo de Ellen tropeçou e a jogou da sela. Antes que ela pudesse se levantar, o negro saltou de seu cavalo e a agarrou em seus braços. Ela gritou e lutou, mas ele a agarrou, segurou-a indefesa e riu dela. Rasgando sua jaqueta em pedaços, ele amarrou seus braços e pernas, montou novamente e começou a voltar, carregando a garota meio desmaiada à sua frente.

De volta à frente da cabana, levantei-me lentamente. Esfreguei meus braços onde as cordas estiveram, me aproximei um pouco do negro, me estiquei, me abaixei e esfreguei minhas pernas; então, com um pulo felino, eu estava sobre dele, minha faca brilhando ao sair da minha bota. O mosquete caiu e a carga zuniu acima da minha cabeça quando desviei o cano e me aproximei dele. Corpo a corpo, eu não seria páreo para o gigante negro; mas eu tinha a faca. Agarrados, estávamos perto demais para que ele usasse o mosquete como um porrete. Ele perdeu tempo tentando fazer isso, e com um esforço desesperado eu o desequilibrei e enfiei a adaga até o punho em seu peito negro.

Eu arranquei novamente; não tinha outra arma, pois não encontrei mais munição para o mosquete.

Eu não tinha ideia de para que lado Ellen havia fugido. Presumi que ela tinha ido em direção ao rancho, e nessa direção segui meu caminho. Smith deveria ser avisado. Os guerreiros estavam muito à minha frente. Mesmo assim, eles poderiam estar se aproximando do rancho desavisado.

Não tinha percorrido um quarto da distância, quando um tamborilar de cascos atrás de mim me fez virar a cabeça. O cavalo de Ellen estava trovejando em minha direção, sem cavaleiro. Eu o peguei quando ele passou correndo por mim, e consegui detê-lo. A história era simples. A garota ou tinha chegado a um lugar seguro e soltado do cavalo, ou o que era muito mais provável, tinha sido capturada, o cavalo tinha fugindo em direção ao rancho, como um cavalo faria. Agarrei a sela, dilacerado pela indecisão. Finalmente pulei sobre cavalo e o instiguei velozmente em direção ao rancho de Smith. Não eram muitos quilômetros; Smith não deveria ser massacrado por aqueles demônios negros, e eu precisava encontrar uma arma se escapasse para resgatar a garota de Senecoza.

A meia milha do rancho de Smith, ultrapassei os invasores e passei por eles rápido como fumaça. Os trabalhadores da casa de Smith foram surpreendidos por um cavaleiro selvagem que avançava de cabeça na paliçada, gritando: "Masai! Masai! Um ataque, seus tolos!" Pegando uma arma e voando para fora novamente.

Então, quando os selvagens chegaram, encontraram todo mundo pronto para o ataque, e tiveram uma recepção tão calorosa que, depois de uma tentativa, viraram as costas e fugiram pela savana.

E eu estava andando como nunca andei antes. A égua estava quase exausta, mas a instiguei sem piedade. À frente, à frente!

Apontei para o único lugar que sabia ser provável. A cabana entre as árvores. Presumi que o homem-fetiche voltaria para lá.

E muito antes de a cabana aparecer, um cavaleiro disparou da grama, indo em ângulo reto ao meu curso, e nossos cavalos, colidindo, jogaram ambos os animais cansados para o chão.

"Steve!" Foi um grito de alegria misturado com medo. Ellen estava deitada, mãos e pés amarrados, olhando para mim loucamente enquanto eu me recuperava e punha-me de pé.

Senecoza veio com pressa, sua longa faca brilhando à luz do sol. Nós lutamos ao redor — corte, proteção e defesa, minha ferocidade e agilidade combinando com sua selvageria e habilidade.

Uma estocada terrível que ele apontou para mim, eu peguei com minha ponta, abrindo seu braço e, em seguida, com um rápido ataque e torção, o desarmei. Mas antes que pudesse usar minha vantagem, ele pulou na grama e desapareceu.

Peguei a garota, cortando suas amarras, e ela se agarrou a mim, pobre criança, até que eu a levantei e a carreguei em direção aos cavalos. Mas ainda não tínhamos terminado com Senecoza. Ele devia ter um rifle escondido em algum lugar no mato, pois soube dele novamente quando uma bala cuspiu a trinta centímetros acima da minha cabeça.

Peguei as rédeas, e então vi que a égua tinha feito tudo o que podia, temporariamente. Ela estava exausta. Eu levantei Ellen para subir no cavalo.

"Cavalgue para o nosso rancho," ordenei a ela. "Os invasores estão por aí afora, mas você pode passar. Ande baixo e rápido!"

"Mas e você, Steve!"

"Vá, vá!" Ordenei, girando seu cavalo e dando partida. Ela saiu correndo, olhando para mim melancolicamente por cima do ombro. Então peguei o rifle e um punhado de cartuchos que havia pego no rancho de Smith e fui para o mato. Durante o dia quente da África, Senecoza e eu brincamos de esconde-esconde. Rastejando, entrando e saindo dos escassos arbustos da savana, agachados na grama alta, trocamos tiros de um lado para o outro. Um movimento da grama, um galho se partindo, o raspar de lâminas de grama, e uma bala vinha em busca, outra ia em resposta.

Eu tinha apenas alguns cartuchos e disparei com cuidado, mas logo empurrei meu único cartucho restante no rifle — um grande carregador de culatra de seis calibres e cano único, pois não tive tempo para escolher quando o agarrei.

Agachei-me no meu abrigo e observei o negro se trair com um movimento descuidado. Nem um som, nem um sussurro entre as ervas. Ao longo da savana, uma hiena soou sua risada diabólica e outra respondeu, mais próxima. O suor frio brotou na minha testa.

O que é que era aquilo? Um tamborilar de cascos de muitos cavalos! Invasores retornando? Arrisquei um olhar e poderia ter gritado de alegria. Pelo menos vinte homens vinham em minha direção, homens brancos e rapazes do rancho, e à frente deles vinha Ellen! Eles ainda estavam a alguma distância. Corri para trás de um arbusto alto e me levantei, acenando com a mão para atrair a atenção deles.

Eles gritaram e apontaram para algo além de mim. Eu me virei e vi, a cerca de trinta metros de distância, uma enorme hiena se esgueirando em minha direção, rapidamente. Olhei cuidadosamente através da savana. Em algum lugar lá fora, escondido pelas ervas ondulantes, espreitava Senecoza. Um tiro trairia a ele minha posição — e eu tinha apenas um cartucho. A equipe de resgate ainda estava fora de alcance.

Olhei novamente para a hiena. Ela ainda estava correndo em minha direção. Não havia dúvidas quanto às suas intenções. Seus olhos brilhavam como os de um demônio do inferno, e uma cicatriz em seu ombro mostrava que ela era a mesma fera que uma vez antes tinha me atacado. Então uma espécie de horror tomou conta de mim e, apoiando o velho rifle de elefante no meu cotovelo, enviei minha última bala contra a coisa bestial. Com um grito que parecia ter uma nota horrivelmente humana, a hiena se virou e fugiu de volta para o mato, cambaleando enquanto corria.

E o grupo de resgate varreu ao meu redor.

Uma fuzilaria de balas atravessou o mato de onde Senecoza havia disparado seu último tiro. Não houve resposta.

“Nós caçar uma cobra,” disse o primo Ludtvik, seu sotaque bôer aumentando com sua excitação. E nos espalhamos pela savana em uma linha de escaramuça, penteando cada centímetro com cautela.

Não encontramos nenhum vestígio do homem-fetiche. Encontramos uma espingarda vazia, com cartuchos vazios espalhados e (o que era muito estranho) *pegadas de hiena afastando-se da espingarda.*

Senti os cabelos curtos do meu pescoço se eriçar com horror intangível. Olhamos uns para os outros e não dissemos uma palavra, pois com um acordo tácito seguimos o rastro da hiena.

Nós a seguimos enquanto ela serpenteava para dentro e para fora na grama na altura dos ombros, mostrando como ela havia escorregado em mim, me perseguindo como um tigre persegue sua vítima. Atingimos a trilha que a coisa havia feito, retornando ao mato depois que eu atirei nela. Salpicos de sangue marcavam o caminho que tinha tomado. Nós seguimos.

“Leva para a cabana do homem-fetiche,” murmurou um inglês. “Aqui, senhores, é um mistério condenável.”

E o primo Ludtvik ordenou que Ellen ficasse para trás, deixando dois homens com ela.

Seguimos a trilha sobre a *kopje* e entramos no grupo de árvores. Direto para a porta da cabana ela levava. Circundamos a cabana cautelosamente, mas nenhum rastro saía dali. Estava dentro da cabana. Espingardas prontas, forçamos a porta rude.

Nenhum rastro saía da cabana e nenhum rastro levava a ela, exceto os rastros da hiena. No entanto, não havia hiena dentro daquela cabana; e no chão de terra, uma bala no peito negro, jazia Senecoza, o homem-fetiche.

MALDIÇÃO DO MAR

John Kulrek e Lie-Lip Canool sentiram
a força nefasta da maldição da anciã —
uma estranha história sobre o mar.
*— **Weird Tales***
Maio de 1928

Capa da **Weird Tales** volume 11 nº 5 de maio de 1928
com a primeira publicação de **Maldição do Mar** (Sea Curse).
Ilustração da capa por **CC Senf**.

Maldição do Mar

E alguns retornam pela luz falhando
E alguns no sonho acordado.
Pois ela ouve os saltos dos fantasmas pingando
Que cavalgam a viga do áspero telhado.
—Kipling

Eles eram os briguentos e fanfarrões, os fanfarrões barulhentos e beberrões de Faring Town, John Kulrek e seu comparsa Lie-lip Canool. Muitas vezes eu, um rapaz de cabelos desgrenhados, esgueirei-me até a porta da taverna para ouvir suas maldições, seus argumentos profanos e canções selvagens do mar; meio com medo e meio em admiração por esses vagabundos selvagens. Sim, todas as pessoas de Faring Town olhavam para eles com medo e admiração, pois não eram como o resto dos homens de Faring; pois não se contentavam em exercer seu comércio ao longo das costas e entre os cardumes de dentes de tubarão. Sem *yawls*,[14] sem esquifes para eles! Eles tinham ido muito longe, mais longe do que qualquer outro homem da vila, pois embarcavam nos grandes veleiros que saíam nas marés brancas para enfrentar o oceano cinzento e inquieto e fazer portos em terras estranhas.

Ah, eu me lembro que eram tempos bons na pequena vila costeira de Faring quando John Kulrek voltou para casa, com o furtivo Lie-lip ao seu lado, arrogantemente descendo a prancha, em suas roupas de mar alcatroadas, e o largo cinto de

---

14 - *Um barco à vela leve com quatro ou seis remos.*

couro que segurava sua adaga sempre pronta; gritando saudações condescendentes a algum conhecido favorito, beijando alguma donzela que se aventurava muito perto; depois, rua acima, rugindo alguma canção do mar pouco decente. Como os medrosos e os ociosos, os parasitas, se aglomeravam em torno dos dois heróis desesperados, bajulando e sorrindo, gargalhando hilariamente a cada brincadeira desagradável. Pois para os vadios da taverna e para alguns dos mais fracos entre os aldeões honestos, aqueles homens com sua conversa selvagem e seus feitos brutais, suas histórias dos Sete Mares e dos países distantes, aqueles homens, digo, eram valentes cavaleiros, nobres da natureza que ousaram ser homens de sangue e músculos.

E todos os temiam, de modo que, quando um homem era espancado ou uma mulher insultada, os aldeões murmuravam e não faziam nada. E assim, quando a sobrinha de Moll Farrell foi envergonhada por John Kulrek, ninguém se atreveu a colocar em palavras o que todos pensavam. Moll nunca havia se casado, e ela e a menina moravam sozinhas em uma choupana perto da praia, tão perto que na maré alta as ondas quase batiam à porta.

As pessoas da aldeia consideravam a velha Moll uma espécie de bruxa, e ela era uma velha senhora sombria e esquelética que tinha pouco a dizer a qualquer um. Mas ela cuidava de seus próprios assuntos, e ganhava a vida juntando mariscos e pegando pedaços de madeira flutuante.

A menina era uma coisinha bonita, tola, vaidosa e facilmente enganada, senão ela nunca teria cedido às bajulações de tubarão do tipo que era John Kulrek.

Lembro que era um dia frio de inverno com uma brisa forte vinda do leste quando a velha senhora entrou na rua do vilarejo gritando que a garota havia desaparecido. Todos se espalharam pela praia e entorno das colinas desoladas do interior para procurá-la — todos exceto John Kulrek e seus comparsas que estavam sentados na taverna jogando dados e bebendo. O tempo todo, além dos baixios, ouvimos o zumbido incessante do monstro cinza agitado e inquieto, e na penumbra do amanhecer fantasmagórico a filha de Moll Farrell voltou para casa.

As marés levaram-na suavemente pelas areias molhadas e a deitaram quase à sua própria porta. Ela estava branca como uma virgem, e seus braços estavam cruzados sobre o peito imóvel; calmo eestava seu rosto, e as marés cinzentas suspiravam sobre seus membros esbeltos. Os olhos de Moll Farrell ficaram como pedra, mas ela ficou sobre sua filha morta e não falou nada até John Kulrek e seu comparsa descerem cambaleando da taverna, suas canecas de bebidas ainda nas mãos. Bêbado estava John Kulrek, e as pessoas se afastaram dele, o assassinato em suas almas; então ele veio e riu de Moll Farrell sobre o corpo de sua filha.

"Veja!" Disse John Kulrek; "a moça se afogou, Lie-lip!"

Lie-lip riu, com a torção de sua boca fina. Ele sempre odiou Moll Farrell, pois foi ela que lhe deu o nome *Lie-lip*.[15]

Então John Kulrek ergueu sua cabeça, balançando em suas pernas inseguras. "Um brinde à saúde do fantasma da moça!" Ele gritou, enquanto todos ficaram horrorizados.

Então Moll Farrell falou, e as palavras saíram dela em um grito que enviou ondas de frio acima e abaixo na espinha da multidão.

"Que a maldição do Demônio Sujo caia sobre você, John Kulrek!" Ela gritou. "Que a maldição de Deus repouse sobre sua alma vil por toda a eternidade! Que você contemple visões que cauterizarão seus olhos e queimarão sua alma! Que morra uma morte sangrenta e se contorça nas chamas do inferno por um milhão e um milhão e ainda mais um milhão de anos! Eu te amaldiçoo pelo mar e pela terra, pela terra e pelo ar, pelos demônios dos pântanos, os demônios da floresta e os *goblins* das colinas! E tu..." — seu dedo magro apunhalou para Lie-lip Canool e ele começou a recuar, seu rosto empalidecendo — "tu

---

15 - *Lie-lip significa "lábio mentiroso", mas também pode ser entendido como "boca mentirosa" ou simplesmente "mentiroso".*

serás a morte de John Kulrek e ele será a tua morte! Tu irás levar John Kulrek para as portas do inferno e John Kulrek te levará para a forca! Coloquei o selo da morte em tua testa, John Kulrek! Tu viverás aterrorizado e morrerás horrorizado lá longe no mar frio e cinzento! Mas o mar que levou a alma da inocência em seu seio não te levará, mas lançará tua vil carcaça para as areias! Sim, John Kulrek" — e ela falou com uma intensidade tão terrível que a zombaria ébria no rosto do homem mudou para uma estupidez suína — "o mar ruge para a vítima que não vai manter! Há neve nas colinas, John Kulrek, e antes que ela derreta, teu cadáver estará aos meus pés. E vou cuspir nele e ficar contente."

***

Kulrek e seu comparsa partiram ao amanhecer para uma longa viagem, e Moll voltou para sua cabana e sua coleta de mariscos. Ela parecia ficar mais magra e mais sombria do que nunca e seus olhos ardiam com uma luz não sã. Os dias passavam e as pessoas sussurravam entre si que os dias de Moll estavam contados, pois ela se transformava em um fantasma de mulher; mas ela seguia seu caminho, recusando qualquer ajuda.

Aquele foi um verão curto e frio e a neve nas colinas áridas do interior nunca derretiam; uma coisa muito incomum, que causou muitos comentários entre os aldeões. Ao anoitecer e ao amanhecer, Moll aparecia na praia, olhava para a neve que brilhava nas colinas, depois saía para o mar com uma intensidade feroz em seu olhar.

Então os dias ficaram mais curtos, as noites mais longas e mais escuras, e as frias marés cinzentas vieram varrendo as costas desoladas, trazendo a chuva e o granizo das fortes brisas do leste.

E em um dia sombrio, um navio mercante entrou na baía e ancorou. Todos os desocupados e vagabundos afluíram para o cais, pois esse era o navio em que John Kulrek e Lie-lip Canool haviam navegado. Descendo a prancha de desembarque veio Lie-lip, mais furtivo do que nunca, mas John Kulrek não estava lá.

Às perguntas gritadas, Canool balançava a cabeça. "Kulrek abandonou o navio em um porto de Sumatra," disse ele. "Ele teve uma briga com o capitão, rapazes; queria que eu desertasse também, mas não! Eu tinha que ver vocês de novo, rapazes?"

Quase se encolhendo foi Lie-lip Canool, e de repente ele recuou quando Moll Farrell apareceu no meio da multidão. Um momento eles ficaram olhando um para o outro; então os lábios sombrios de Moll se curvaram em um sorriso terrível.

"Tem sangue na sua mão, Canool!" Ela chicoteou de repente — tão de repente que Lie-lip se assustou e esfregou a mão direita na manga esquerda.

"Afaste-se, bruxa!" Ele rosnou com raiva repentina, andando a passos largos pela multidão que lhe dava as costas. Seus admiradores o seguiram até a taverna.

***

Agora, me lembro que o dia seguinte foi ainda mais frio; névoas cinzentas vieram do leste e encobriraam o mar e as praias. Não haveria navegação naquele dia, então todos os aldeões estavam em suas casas aconchegantes ou trocando histórias na taverna. Assim aconteceu que Joe, meu amigo, um rapaz da minha idade, e eu, fomos os que vimos a primeira das coisas estranhas que aconteceram.

Sendo desses rapazes frívolos sem sabedoria, estávamos sentados em um pequeno barco a remo, flutuando na extremidade do cais, cada um tremendo e desejando que o outro sugerisse que partíssemos, não havendo razão alguma para estarmos ali, exceto que era um bom lugar para construir castelos aéreos imperturbáveis.

De repente, Joe levantou a mão. "Diga," disse ele, "você ouviu? Quem pode estar na baía em um dia como este?"

"Ninguém. O que você ouviu?"

"Remos. Ou sou um estúpido. Ouça."

Não havia como ver nada naquela neblina, e não ouvi nada também. No entanto, Joe jurou que sim, e de repente seu rosto assumiu uma aparência estranha.

"Alguém remando lá, eu lhe digo! A baía está viva com os sons dos remos! Uma vintena de barcos no mínimo! Seu idiota, você não está ouvindo?"

Então, enquanto eu balançava a cabeça, ele pulou e começou a desamarrar o bote.

"Vou lá ver. Me chame de mentiroso se a baía não estiver cheia de barcos, todos juntos como uma frota fechada. Você vem comigo?"

Sim, eu iria com ele, embora não ouvisse nada. Então saímos no cinza, e a neblina se fechou atrás e pela frente, de modo que flutuamos em um mundo vago de fumaça, não vendo nada e nada ouvindo. Estávamos perdidos em pouco tempo, e eu amaldiçoei Joe por nos levar a uma caçada de ganso selvagem que provavelmente terminaria com a nossa varrição para o mar. Pensei na filha de Moll Farrell e estremeci.

Quanto tempo ficamos à deriva eu não sei. Minutos se transformaram em horas, horas em séculos. Ainda assim Joe jurava ter ouvido os remos, ora perto, ora longe, e por horas nós os seguimos, seguindo nosso curso em direção ao som, à medida que o barulho aumentava ou diminuía. Isso eu pensei mais tarde, e não consegui entender.

Então, quando minhas mãos estavam tão entorpecidas que eu não podia mais segurar o remo, e a sonolência do frio e da exaustão estava me tomando, fracas estrelas brancas romperam a névoa que de repente se afastou, desaparecendo como um fantasma de fumaça, e nós nos encontramos flutuando logo na entrada da baía. As águas eram suaves como um lago, todo verde-escuro e prateado à luz das estrelas, e o frio veio mais fresco do que nunca. Eu estava girando o barco para colocá-lo de volta na baía, quando Joe deu um grito, e pela primeira vez ouvi o estalar dos remos. Olhei por cima do ombro e meu sangue gelou.

Uma grande proa bicuda que se erguia acima de nós, uma forma estranha e desconhecida contra as estrelas, e enquanto eu recuperava o fôlego, ziguezagueava bruscamente e passava por nós, com um curioso zunido que nunca ouvi nenhuma outra nave fazer. Joe gritou e recuou os remos freneticamente, e o barco saiu do caminho bem na hora; pois, embora a proa não tivesse nos acertado, ainda assim, de outra forma, teríamos morrido. Pois dos lados do navio haviam longos remos, alinhados, que a arrastavam. Embora eu nunca tivesse visto tal embarcação, eu a conhecia como uma galé. Mas o que ela estava fazendo em nossas costas? Eles diziam, os viajantes distantes, que tais navios ainda estavam em uso entre os pagãos de Barbária; mas eram muitas milhas longas e pesadas até a Barbária, e mesmo assim ela não se parecia com os navios descritos por aqueles que haviam navegado para tão longe.

Começamos a persegui-lo, e isso foi estranho, pois embora as águas quebrassem em torno de sua proa, e ela parecesse voar por entre as ondas, estava fazendo pouca velocidade, e não demorou muito para que a alcançássemos. Prendendo nosso barco a uma corrente bem longe do alcance dos remos sussurrantes, saudamos os que estavam no convés. Mas não houve resposta e, por fim, vencendo nossos medos, escalamos a corrente e nos encontramos no convés mais estranho que o homem já pisou em muitos e estrondosos séculos.

Joe murmurou assustadoramente. "Olhe, como parece velho! Quase pronto para cair aos pedaços. Ora, está bastante podre!"

Não havia ninguém no convés, ninguém no longo leme com que a embarcação era dirigida. Entramos furtivamente no porão e olhamos escada abaixo. Então, ali, se alguma vez os homens estiveram à beira da insanidade, fomos nós. Pois havia remadores ali, é verdade; sentados nos bancos dos remadores e manejando os remos rangentes pelas águas cinzentas. *E os que remavam eram esqueletos!*

Gritando, mergulhamos pelo convés, para nos jogarmos no mar. Mas na amurada tropecei em algo e caí de cabeça, e enquanto estava deitado, vi uma coisa que venceu por um instante meu medo dos horrores abaixo. A coisa em que eu tropecei era um corpo humano, e na luz tênue e cinzenta que começava a se infiltrar nas ondas do leste, vi o cabo de uma adaga entre seus ombros. Joe estava na amurada, pedindo que eu me apressasse, e juntos deslizamos pela corrente e cortamos a corda para liberar nosso barco.

Então saímos para a baía. Em frente continuou a galé sombria, e seguimos, devagar, imaginando. Ela parecia estar indo direto para a praia ao lado do cais e, quando nos aproximamos, vimos o cais lotado de pessoas. Eles sentiram nossa falta, sem dúvida, e agora estavam ali, na luz do amanhecer, emudecidos pela aparição que surgira da noite e do oceano sombrio.

Em frente varreu a galé, seus remos balançando; então, antes que ela alcançasse a água rasa — tum! — uma reverberação terrível sacudiu a baía. Diante de nossos olhos, a nave sombria parecia derreter; então ela desapareceu, e as águas verdes fervilhavam onde ela havia estado, mas ali não flutuava nenhum pedaço de madeira, nem à beira da praia. Sim, algo flutuava para margem, mas era algo sombrio!

Aportamos em meio a um zumbido de conversa animada que parou de repente. Moll Farrell estava diante de sua cabana, delineada esquelética contra o amanhecer fantasmagórico, sua mão magra apontando para o mar. E através das areias úmidas suspirantes, levadas pela maré cinzenta, algo veio flutuando; algo que as ondas jogaram aos pés de Moll Farrell. E ali olhou para nós, enquanto nos amontoávamos, um par de olhos cegos fixos em um rosto imóvel e branco. John Kulrek tinha voltado para casa.

Ele estava imóvel e sombrio, balançando à maré, e enquanto cambaleava para os lados, todos viram o cabo da adaga que estava em suas costas — a adaga que todos nós tínhamos visto mil vezes no cinturão de Lie-lip Canool.

"Sim, eu o matei!" Veio o grito de Canool, enquanto ele se contorcia e rastejava diante de nosso olhar. "No mar, em uma noite tranquila, em uma briga de bêbados eu o matei e o joguei ao mar! E dos mares distantes ele me seguiu" — sua voz caiu para um sussurro hediondo — "por causa... da... da... maldição... o... mar... não... manteria... seu... corpo!"

E o desgraçado afundou, tremendo, a sombra da forca já em seus olhos.

"Sim!" Forte, profunda e exultante era a voz de Moll Farrell. "Do inferno de sabedoria perdida Satanás enviou um navio de eras passadas! Um navio vermelho de sangue e manchado com a memória de crimes horríveis! Nenhum outro carregaria uma carcaça tão vil! O mar se vingou e me deu a minha vingança. Vejam agora, como eu cuspo no rosto de John Kulrek."

E com uma risada medonha, ela se lançou à frente, o sangue começando a subir por seus lábios. E o sol surgiu no mar agitado.

OS PORTÕES DE NÍNIVE

Weird Tales, julho de 1928

Capa da **Weird Tales** volume 12 nº 1 de julho de 1928
com a primeira publicação de **Os Portões de Nínive** (The Gates of Nineveh).
Ilustração da capa por **CC Senf**.

Os Portões de Nínive

Estes são os portões de Nínive: pra cá
Veio Sargão quando suas guerras foram vencidas
Olhou para as torres assomando claras
Fortemente gravadas ao sol da manhã.

De sua carruagem Sargão veio
Jogou seu elmo sobre a areia
Derrubou sua espada com sua lâmina de fogo
Acariciou a barba com a mão vazia.

"As torres exibindo suas bandeiras vermelhas
As pessoas me cumprimentam com música e alegria
Mas uma estranheza está em mim", disse Sargão
"E eu vejo o fim das tribos da terra".

"As cidades desmoronam e as carruagens enferrujam
Eu vejo através de uma névoa que é estranha e cinza
Todas as coisas régias desaparecem de volta ao pó
Até os portões de Nínive".

Robert E. Howard

Nascido Robert Ervin Howard, em Peaster, Texas, Estados Unidos, 22 de Janeiro de 1906 e faleceu em Cross Plains, Texas, Estados Unidos, 11 de Junho de 1936. O único filho de um médico viajante, Dr. Isaac Mordecai Howard e da senhora Hester Jane Ervin Howard, foi um prolífero escritor norte-americano que atuou primariamente como contista e poeta. Em sua vida profissional, Howard flertou com diversos gêneros, principalmente os atrelados à fantasia e ficção. Constante colaborador das revistas pulp fiction, muito populares nos Estados Unidos da Grande Depressão dos anos 1930, o escritor é atualmente mais conhecido pela autoria do personagem Conan, o Bárbaro, bem como por ser considerado, historicamente, o "pai" do subgênero de espada & feitiçaria (sword and sorcery).

Começou a escrever com 9 anos, mas só aos 15 anos começou a escrever profissionalmente, e somente em 1924 quando cursava a academia Howard Payne em Brownwood teve uma história publicada, o conto Spear and Fang (Lança e Presa) apareceu na edição de julho de 1925 da revista Weird Tales. Muitas de suas histórias vieram a ser publicadas na Weird Tales, como The Hyena (A Hiena) e The Lost Race (A Raça Perdida), e teve sua primeira capa em 1926. Sua inspiração se deve aos contos de horror que ouvia da sua avó e da sua velha tia Mary Bohanoon, e quando criança sempre sonhava ser um bárbaro combatendo Roma, tornando-se assim um rebelde contra o mundo civilizado.

Escreveu histórias de muitos estilos mas suas criações mais famosas são as do gênero sword and sorcery (espada e feitiçaria) - um gênero de fantasia caracterizado por sua ênfase em combates violentos e intervenções sobrenaturais (deuses, monstros, magos, etc.). Howard criou um dos personagens fantásticos mais populares de todos os tempos; o bárbaro Conan, que fez sua estreia no conto The Phoenix on the Sword (A Fênix na Espada) em Dezembro de 1932. Para hospedar sua criação Howard inventou a Era Hiboriana, que se trata da própria Terra mas num passado pré-cataclísmico do qual a história atual não guarda lembranças. Outros dos seus personagens célebres incluem o rei Kull, o aventureiro puritano Solomon Kane, e o rei picto Bran Mak Morn. Criou também as guerreiras Dark Agnes de la Fere e Red Sonya de Rogatino, esta última serviu como base para Roy Thomas criar a personagem Red Sonja para os quadrinhos do Conan na editora Marvel Comics. Com Conan e seus outros heróis, Howard criou o gênero que viria a ser conhecido como "Espada e Fantasia" (sword and sorcery) entre os anos 1920 e 1930. O seu trabalho originou uma série de imitadores, fazendo de Howard um dos grandes influenciadores no gênero da fantasia, apenas rivalizando com J.R.R. Tolkien.

Um outro campo em que Howard foi bem sucedido foi o do horror sobrenatural, no qual emprestou muitas ideias de seu correspondente e amigo H. P. Lovecraft, e sempre adicionando suas próprias marcas registradas de ação rápida e personagens chamativos..

ALEX MAGNOS

O tradutor desta edição de A Raça Perdida e Outras Histórias é um apaixonado por Histórias em Quadrinhos desde os anos 80, quando teve seu primeiro contato com os comics norte-americanos através das antigas publicações Superaventuras Marvel e Heróis da TV, mas foi só com outra publicação, A Espada Selvagem de Conan, que definitivamente foi fisgado pela magia que é contar histórias, seja através de HQ ou prosa. Já no distante ano de 1986, ele reuniu amigos do colégio para criar um grupo para contar suas histórias, quando escrevia HQ de humor, aventura, heróis e eróticas para publicar em fanzine.

Tornou-se um colecionador de HQ desde então, mas sempre voltado aos gêneros Espada e Magia, Fantasia Heroica, Ficção-Científica e Terror Trash. Foi através dos quadrinhos que ele descobriu o personagem Conan da Ciméria e assim, seu criador, o Mestre da Literatura Pulp Fiction e Sword and Sorcery, Robert E. Howard, de quem é admirador incondicional e colecionador de sua obra. Através de Howard, descobriu também H.P. Lovecraft, o mestre do terror, de quem também é fã. Howard e Lovecraft, com suas formas singulares de narrativa fantástica, belas e aterradoras, tornaram-se as principais inspirações para Magnos criar suas próprias histórias.

Saiba mais em:
facebook *A.Magnos*
Instagram *alexmagnos*
thecomiccreator

Robert E. Howard

Leia também...

Fantasia, aventura, terror nas publicações da Red Dragon Books!

ISBN 978-85-69097-07-5

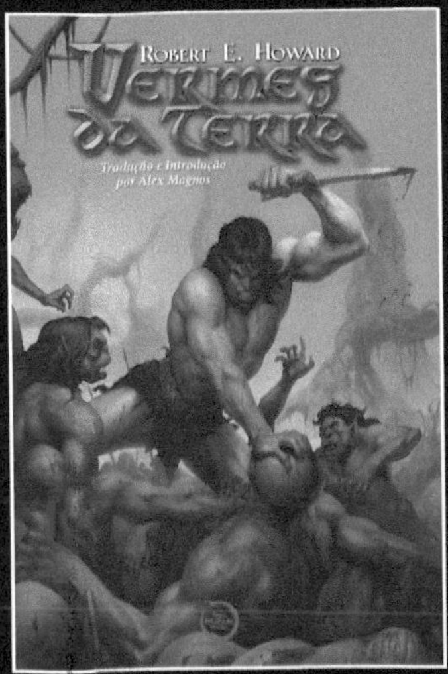

ISBN 978-85-69097-09-9

ISBN 978-85-69097-22-8

ISBN 978-85-69097-45-7

www.reddragonpublisher.com

RED DRAGON
PUBLISHER

BOOKS, COMICS, GRAPHIC NOVELS

Alex Magnos Storyteller
Fortaleza CE Brasil
+ 55 85 2130 9186

facebook reddragonpublisher
redpublisher

reddragonpublisher@gmail.com
contato@reddragonpublisher.com
www.reddragonpublisher.com

www.ingramcontent.com/pod-product-compliance
Ingram Content Group UK Ltd.
Pitfield, Milton Keynes, MK11 3LW, UK
UKHW040315300826
14791UKWH00003B/911

9 786589 662167